新潮文庫

妻を看取る日

国立がんセンター名誉総長の
喪失と再生の記録

垣添忠生著

目次

妻を看取る日

国立がんセンター名誉総長の喪失と再生の記録

プロローグ

その冬は、いつになく温かい日が多かった。

二〇〇七年秋、妻の昭子《あきこ》は肺の小細胞がんで、私の勤務先でもあった国立がんセンターに入院した。九月には北海道でいっしょにカヌーをこいでいたのに、それからわずか三ヶ月ほどで、妻は一人では起き上がれない状態になってしまっていた。

入院以来、どんなきつい治療にも耐え、いっさいの弱音もわがままも言わなかった妻が、一つだけ強く希望したことがある。

「年末年始はどうしても家で過ごしたい」

こう、何度もくり返した。

自分を襲った病を理解し、受けとめていた妻は、自らの命が燃え尽きようとしていることを知っていた。そして、「最期《さいご》を家で迎えたい」と思ったのだろう。三ヶ月の入院中、ずっと付き添ってきた私には、その気持ちが手に取るようにわかった。

十二月二十八日、妻が一時帰宅を許された。

その日から年明けの一月六日までは、点滴から投薬、排泄《はいせつ》にいたるまで、私が一人で世話をすることに決めた。

外泊が決まった当初は、派遣看護師に来てもらうことも考えたが、自宅に知らない人が居るのはなんとなく落ち着かない。夫婦二人で静かに過ごしたい、という妻の願いを叶《かな》えるためにも、私はすべて自分で世話をすることにしたのである。

そのためには、さまざまな準備が必要だった。私は、病棟の看護師から、点滴する薬剤の混注や自動注入ポンプの扱いなどの猛特訓を受けた。

当日の朝、介護士の手を借りて、妻を病院のベッドから車椅子《くるまいす》に移し、ハイヤーに乗り込んだ。トランクに積み込んだ山のような医薬品や酸素ボンベ、在宅用の医療器具をみると、気が引きしまる思いだった。

いつも通勤時に歩く銀座通りは、正月の飾りに彩《いろど》られ、年末年始の準備をする買い物客でにぎわっていた。見慣れているはずの首都高速からの眺めも、車の中の私たちとは別世界の、どこか無機質で知らない街のように感じられた。

ハイヤーが杉並の我が家に到着した。

妻にとっては、久しぶりの帰宅である。この日に備えて私は布団《ふとん》を干し、一階の応接間に敷いておいた。そこに妻を寝かせ、私は夕食の支度にとりかかる。

メニューは二週間も前から決まっていた。年末年始に一時帰宅ができることを伝え、

「家に帰ったら何が食べたい？」

とたずねると、妻は天井を見てしばらく考えていた。

「そうね、アラ鍋《なべ》をいただきたいわ」

アラは体長一メートルにもなる巨大な魚である。

刺身も鍋も、フグよりうまいと言う人もいる高級魚だ。冬の今はちょうど旬《しゅん》である。

私は本場九州から、アラの身、野菜、ポン酢などが入った鍋セットを、妻が外泊する日に合わせて宅配便で取り寄せておいた。

ツヤツヤとしたアラの身を大皿に並べ、白菜やネギを盛る。準備を整えると、妻を布団から隣の居間へ移動させた。

あちこちに浮腫《ふしゅ》（水ぶくれ）ができて重くなった体は、ずっしりと腕にこたえる。

ただでさえ妻は一六五センチの長身である。一人で動かすのは重労働だった。

鍋から湯気が立ち上ってきた。妻は居間の掘りゴタツに脚を入れ、大型テレビで年末の特別番組を見ている。

鍋を用意してみたものの、薬の副作用で口と食道がひどくただれ、ほとんど何も食べられないことはわかっていた。ただ、うちの夕食の雰囲気を味わわせてやりたかったのだ。

ところが妻は、私が白いアラの身と白菜を器に取り分けてやると、おいしいと言って、ひと口、またひと口と、うれしそうに箸《はし》を運んだ。

「こうでなくちゃ、こうでなくちゃ……」

と、何度となくつぶやきながら。

心から満足気な、幸福感にあふれた笑顔。その笑顔は介護の疲れも、沈鬱《ちんうつ》な心も、たちどころに溶かしてくれた。

私はそれだけで満足だった。無理をして家に連れて帰ってきて、本当によかった。この日の晩餐《ばんさん》は、私たちにとって、かけがえのないひとときとなった。

いつも通りの会話ができたのは、この日が最後だった。翌日、また布団からコタツに移動させようとすると、

「辛《つら》いからもういいわ」

といって動かない。それからは、坂道を転がり落ちるように容態が悪化した。私の

顔は見ていても、声を出す力は失われて話ができなくなった。次第に、意識も遠のいていった。

がんを専門とする医師である私の目の前で、がんが妻の命を奪っていく。

だが、私にはもう、なす術《すべ》がなかった。残されているのは、そばにいて見守ることだけだった。意識のない妻のそばで、私は看護の仕事をした。

朝、点滴バッグに利尿剤、強心剤、ビタミン剤などをセットする。吸入する酸素量を調節し、体を拭《ふ》いてやる。床ずれの予防、排泄の世話をする。妻の容態を記録する。たとえ意識はなくても、やるべきことは沢山あった。その作業を黙々とこなすうちに、時間が過ぎていった。

三十日になると、過呼吸と無呼吸を交互にくり返す、チェーン・ストークス呼吸が始まった。医師や看護師は、この呼吸があらわれると、患者さんの死期が近いことを察する。私もいよいよ覚悟をしなくてはならなかった。

翌日の大晦日《おおみそか》は、朝からまぶしいほどの晴天だった。妻のまぶたは閉じられたまま、意識は依然として戻ってこない。

夕方、妻の息づかいが激しくなった。胸が大きく波打ち、必死に酸素を吸い込んでいる。ヒューヒューと気管が鳴って苦しそうだ。見ていられない。私はたまりかねて妻の担当医に連絡し、往診の依頼をした。

「もうすぐ年が明ける。がんばってくれ……」

窓の外は闇《やみ》に包まれていた。しんと静まり返った家の中に、妻の苦しげな呼吸音だけが響く。

そのときだった。ずっと意識のなかった妻が、突然、身を起こそうとした。まぶたがパッと開き、目配せするように私の顔を見る。思いもよらぬ強い力が、私の手をつかんだ。そして全身の力をふりしぼるように、私の手を強く握った。

「ありがとう」

妻の声にならない声が聞こえた。

「昭子、昭子！」

私が握り返した直後、妻の手からガクッと力が抜けた。妻の頭は力なく枕《まくら》に沈み、まぶたは再び閉じられた。午後六時十五分、妻の目は二度と開くことはなかった。

妻が手を握ってくれたあの瞬間を、私はよく思い出す。最期の瞬間に、彼女はとてつもなく大きな贈り物をしてくれた。手を握り、感謝してくれるなんて、最後の最後まで私のことを気にかけてくれた。これには、いくら感謝してもしたりない。あの一瞬がなければ、私はとっくに廃人になっていたかもしれない。

まだまだ生きたかったであろう妻の無念さを思うとき、妻をがんで逝《い》かせてしまった自分の無力を思うとき、私は今なお手に残っている、あのときの妻の手の温《ぬく》もりを思い出し、なんとか踏みとどまってきた。妻は、幸せだったのだからと。

私たちは結婚して四十年、誠に平和で幸福な生活を送ってきた。子供のいない私たちは、常に二人で行動し、互いに欠けているところを補い合い、人生の困難に立ち向かい、そして人生を楽しんできた。妻はどんなときでも、私が研究者として、また医師として、仕事に打ち込み、責任を全《まっと》うできるよう、私を支えてくれた。

二〇〇七年四月、私は国立がんセンターの総長を定年退職して名誉総長となり、多少の時間のゆとりができた。今後は国内外をあちこち旅行しよう、二人で好きな絵を描いていこう、と思っていた矢先に、妻は手の届かないところにいってしまった。

「ようやく私に時間のゆとりができたのに、一体なぜだ」

「人生、不条理だ」

妻が亡《な》くなってからの一年間は、こんなことばかり考えていた。特に最初の三ヶ月は、「自死できないから生きている」とも言える、最悪の精神状態であった。

本書は、私の喪失と再生の記録である。極めて個人的な記録ではあるが、同時に、普遍的な内容だとも考えている。

現在、わが国では年間に三十五万人近くが、がんで亡くなっている。その一人ひとりの周りには、私と同じように、身をよじるような苦悩や悲嘆を味わっている人が、数多くいるであろう。そうした方々に、私の経験が少しでも参考になることを願い、本書を書くことに決めた。

がんの診療と研究に長く携わり、現在は、わが国のがん対策にも深くかかわっている一人の人間として、こうした体験を公《おおやけ》にしておく意味もあろうかと考えたのである。

第一章　妻との出会い

半分になったりんご

幼少時代の記憶をたぐりよせると、そこには常に「飢え」の影がまとわりついてくる。

一九四一年、私は四人兄弟の三番目として大阪に生まれた。銀行に勤めていた父が、大阪の支店に勤務しているときだった。

その年の終わりに太平洋戦争が始まり、私たちは両親の故郷である、岐阜《ぎふ》の飛騨古《ひだふる》川《かわ》に疎開《そかい》した。

飛騨古川は、北アルプスと白山連峰に囲まれた農村地帯である。岐阜の中でも富山県境に近い。町の中心には、造り酒屋や白壁土蔵のある商家など、昔ながらの家並みが続いていた。

最近では、奇祭が話題に上《のぼ》ることも多いようだ。大きな太鼓をめぐって裸の男たちが激しい攻防戦をくりひろげる「起し太鼓」という祭りである。

大阪からも名古屋からも遠く離れた農村であったから、戦争中といっても、爆撃を受ける心配はなかった。ときおり銀翼を連ねて飛んでいく軍用機が見えるくらいで、まことにのどかな時間が流れていた。

だが、その一見のどかに見える農村で、私たち家族はひもじさに耐えていた。食べ物がどこにもないなら仕方がない。そうではなかったから、こうしていつまでも忘れられないのである。

私たちが頼っていった親戚《しんせき》の農家には、米も野菜も十分にあった。にもかかわらず、都会から疎開してきた者には出し惜しみをした。

大阪からやってきたわが家の食卓には、もちろん白米など上がったことはなかった。米どころか、麦や雑穀、芋だって満足に食べられていなかったのである。

ところが親戚の家に行って、ふと茶の間をのぞくと、そこの子供が茶碗《ちゃわん》を手にモリモリと白米を食べているではないか。ツヤツヤ輝く白い米のうまそうなことといったら！

私はそっと茶の間を離れ、戸口から表に出た。でも、悔しさのやり場が見つからない。あたりが暗くなるまで、ずっと外で遊んでいた。四歳のやんちゃのさかりの子供にとって、満足に食べられないというのは、まことにつらいことであった。

一九四五年八月十五日、玉音放送は近所の工場に集まって聞いた。大人の男たちが涙を流している。放送の内容はぜんぜんわからなかったが、ただならぬことが起きている気配は子供にも伝わってきた。

帰り道、私はひきつけを起こして、あぜ道から田んぼにすべり落ちた。といっても、敗戦のショックで、ではない。八月十五日は、そのくらい暑かったのである。

昭和天皇は、終戦後まもなく、全国の巡幸をスタートされた。

一九四六年二月に日帰りで神奈川を訪れてから五四年八月の北海道まで、八年半の歳月をかけ、沖縄をのぞく全都道府県をまわられている。ところによっては車を利用されたようだが、交通手段はおもに国鉄。いわゆる「御召列車」である。

世の中が戦後になったからといって、人間の意識はそう簡単に刷新されるものではない。

列車が通る何キロも先の山奥の集落から、昭和天皇をひと目見ようと、線路沿いにぞろぞろと人が下りてきたという。地面に座って拝礼する人もいれば、日の丸の小旗を振る人、両手をあげて「万歳、万歳」と叫ぶ人もいた。当時の写真をみると、御召列車を迎える人々は高揚し、明るい表情だ。

テレビのない時代、天皇の姿に触れられるのは、写真とニュース映画くらいだった。とくに地方の人にとっては、巡幸は一生に一度の貴重なチャンスだったのである。

この巡幸で、昭和天皇は地方都市にまで立ち寄られた。そして、私の疎開先の近く、高山にもはじめて降り立たれたのである。

当時の日程を見てみよう。

一九四七年十月二十三日に東京を出発。米原《まいばら》経由で敦賀《つるが》に向かい、小浜に寄られてから、福井、そして金沢と、日本海側を北上されている。能登半島の和倉から高岡、富山をまわり、十一月二日には富山から高山本線を南下して、高山、飛驒金山などを訪問。同じ日に東京まで戻られている。当時の鉄道のスピードを考えると、かなりの強行軍である。

まだ幼かった私は、そんなことを知る由《よし》もなかった。それよりも巡幸のとき、母から一人一個ずつ、りんごを食べさせてあげると聞かされて、ずいぶん前から心待ちにしていた。

ところが当日、どんな理由があったのか、ひとつのりんごを弟と半分ずつ分けることになってしまった。丸ごと一個と半分の差は大きい。

モクモクと盛大に煙を上げて田んぼの向こうを走っていった御召列車。その光景とともに、半分に切られた真っ赤なりんごを思い出すのである。

高山には大相撲の巡業もやってきた。双葉山との好勝負で知られ、最年少で横綱に昇進した照国《てるくに》は、注目の的だった。典型的なあんこ型の体のうえに、ちょこんとベビーフェイスがのっている。もちっとした白い肌がまぶしかった。

「照国がタクシーに乗ったら、車体が沈んで地面につきそうになってな」

大人たちもそんな話をして沸き立っていた。

巡業を見に行くとき、母からクリームパンを一個ずつもらえた。りんごもそうだが、この一人一個というのが重要なのである。頭からしっぽまで、まるまる一つを好きなように食べていいのだ。いやというほど腹をすかせた子供にとって、いや大人にとっても、これ以上の喜びがあるだろうか。

その日の相撲の取り組みは、さっぱり覚えていない。そのかわり、甘い香りのするクリームパンを手にした高揚感は、今もはっきりとよみがえってくる。

こんな調子で、戦争が終わったあとも、私の頭の中は食べもののことばかりであった。「飢え」の記憶とは強烈なものである。私はこれまで、疎開先を再訪しようと思ったことは一度もない。そしてこれからも、二度と訪れることはないだろう。

いよいよ疎開生活を終えて飛騨に別れを告げる日がやってきた。私は六歳になっていた。

「大津の検問所では食料から何から全部、取り上げられるらしいぞ」

家財道具を積んだトラックで大阪に向かう途中、こんなうわさが流れてきた。両親は神経をとがらせていたが、無事に通過できた。

こうして、私たちは大阪に戻ってきた。私はようやく「飢え」の呪縛《じゅばく》から解き放たれたのである。

大阪の野生児

医師になってわかったことだが、人が医師を志す理由はじつにさまざまである。人の命を救いたい、先端医療の現場で働きたいという人もいれば、儲《もう》かりそうだから、親が開業医だから、医学部に受かったから、という人もいる。

私の場合は、生き物への興味が入り口になった。それを目覚めさせてくれたのが、大阪での「野生児」時代である。

疎開先から戻った私たち家族は、生駒《いこま》山脈の信貴山《しぎさん》のふもと近く、八尾《やお》市の服部川にあった、父の銀行の社宅に落ち着いた。

大阪といっても、そこは郊外の植木床のようなところで、まだまだ豊かな自然が残っていた。遊び仲間は、植木屋や農家の男の子ばかりである。

夏の干ばつに備えて、あたりには大きなため池がいくつも造られていた。そのひとつが社宅の庭先にあり、子供たちの格好の遊び場となっていた。

池の上には、太い松の枝が張り出している。幹によじ登り、枝に腰掛けて脚をぶらぶらさせながら風に吹かれる。私のお気に入りの場所だった。

ヒツジグサの浮く池の水面を上から眺めていると、カメがひょっこり顔を出し、蝶《ちょう》が優雅に舞っている。自然界の営みは、見ているだけで退屈しなかった。

あるとき、松の枝先から飛び降りたカマキリが、ヒツジグサの上にとまっていたギンヤンマを二本の足でガシッと捕らえた。その瞬間、ヒツジグサの葉の下から巨大な食用ガエルが現れ、カマキリをギンヤンマもろとも丸飲みした。カエルはすぐに水中に姿を消し、水面は何もなかったかのように静まりかえった。きらめく夏の陽光の下、一瞬の出来事はまるで白昼夢を見ているようだった。

水のぬるむ四月には、兄たちはもう池で泳ぎ始めていた。彼らに負けじと、小学校に上がるか上がらないかの私も、池の単独横断に挑戦した。対岸までは約二十メートル。種目は犬かきである。

最初は快調に飛ばした。魚がスルリと脚をなでていく。澄んだ水の中にエビがいるのも見えた。

ところが、池の真ん中まできたとき、鼻に水が入った。頭がツーンと痛くなり、あせって手足をバタつかせると、ますます沈んでいった。見ていた兄があわてて助け出してくれた。兄がいなければ命を落とすところだった。

今は店で買うのが当たり前になってしまったというが、カブトムシもよく採った。夏の夜、懐中電灯を持ってクヌギの木の下にいくと、樹液の出ているところに無数のカブトムシが真っ黒に群がっていた。まさに採り放題である。昼間はそこにスズメバチが集まっていて、追いかけられて棒で闘ったこともあった。

ハチといえば、あるときクマンバチが地面に落ちて死にそうになっていた。ヒョイとつまんだら、指先を刺されてものすごく痛かった。最後の力をふりしぼって攻撃してきたのだろうか。

こんなふうに、生き物との付き合いは濃密だった。じっと観察し、手で捕まえ、ときには命を奪う。生命とは、なんと神秘的なものだろう。とまでは当時は思わなかったが、泥だらけになって遊ぶうち、私の中では、生命への関心がしっかりと植えつけられていった。そのことが、のちに医師を目指す下地になったのだと思っている。

毎日暗くなるまで外で遊びまわっていたが、学校の成績は総じて良かった。特に勉強をした記憶はないが、のどかな時代の田舎の小学校では、それでも簡単に良い点がとれたのである。

だが、楽しい日々はそう長くは続かなかった。小学二年生のとき、父が東京に転勤することになった。自然に囲まれて育った野生児が、突然、都会の小学校に放り込まれたのである。

東京でのいじめ

「ペケだってさ。ペケって何だよ」

「アハハハハ」

転校したのは、東京は新宿区の小学校。さっそく関西弁がクラスメートの笑いの種になった。みんなが「マル」、「バツ」と答えているときに、とっさに「ペケ」と言ってしまったのである。

今でこそ、テレビをつけると、お笑い芸人の関西弁がそれこそ一日中流れてくる。しかし、六十年前の東京では、関西弁は耳になじまない、おかしな方言にすぎなかった。私の両親は関西出身ではないから、私もコテコテの強い関西弁を話していたわけではない。それでも東京の子供たちにとっては、かなり違和感をおぼえる言葉だったようだ。

言葉の違いだけなら、まだよかった。上品な子どもたちの中で、野生児の私は明らかに浮いていた。クラスの雰囲気を察してか、隣の席の女の子は、教科書を見せてくれなかった。

音楽の授業では、音符を読まされた。大阪の小学校では、音楽の時間といえば先生のオルガンに合わせてみんなで歌うだけだったから、読めるはずがない。

音符どころか、実は、私は時計も読めなかった。長針と短針の関係がよくわからない。だいたい、それまでの生活では、時計なんか読む必要がなかったのである。

そんな転校生を担任の先生が助けてくれたかというと、

「大阪で成績がよかったからといって、東京ではそうはいかないぞ」

と脅され、ばかにされた。

田舎の小学校で、のびのびと学校生活を送ってきた私には新しい学校生活は、なんだかとても理不尽に思え、ひどく悲しかった。

暗黒の時代は、なかなか終わらなかった。五年生になってようやく学校にも慣れてきたころ、新宿から荻窪《おぎくぼ》に引っ越すことになった。

次に行くのは、ノーベル賞を受賞した物理学者の朝永振一郎《ともながしんいちろう》さんがPTA会長をしていた小学校である。そこでもまた、先生にいじめられた。

「ここは立派な家庭の子が多いんだ。新宿とはレベルが違うからね」

なぜか、先生が威張っていた。

たしかによくできるエリート集団がいて、先生に偏愛されているのが不愉快だった。あるとき、エリート集団の一人で裕福な家庭の子が、貧しい家の子をいじめていた。それを見て、私はどうにも怒りが収まらなかった。何日か経《た》ち、ちょっとしたきっかけから、そのいじめっ子と殴り合いになった。

リングは学校の裏庭。相手がやみくもに繰り出してくるパンチを、体を左右に振ってかわした。お互い疲れてくるとじっとにらみ合って呼吸を整え、また再開した。私は彼のパンチを一発もくらわなかった。逆に相手の顔面には三発、四発とこぶしがよくヒットした。

「あ、おれ才能あるな」

自分の意外な才能を発見して得意になった。それまでは、兄弟げんかでも殴り合いなどしたことがなかったのである。最後は、相撲のように突貫してきた相手を植え込みに突っ込んで勝負がついた。

それにしても、子供の喧嘩《けんか》は他愛のないものである。どのように仲直りをしたのか覚えていないが、しばらくして、彼はうちに昼飯を食べに来るようになっていた。卒業後も、別々の中学校に通っていたにもかかわらず、いっしょに蝶の採集をする仲だった。

東京の小学校でのさわやかな思い出といえば、この取っ組み合いの喧嘩ぐらいだろうか。あとは、ろくな目にあわなかったように思う。中学生になってようやく、それを埋め合わせるような日々がめぐってくるのだった。

数学漬けの夏合宿

クヌギやナラの雑木林が点在し、武蔵野《むさしの》の面影をとどめる東京の国立《くにたち》。中学、高校は、国立にある私立の桐朋《とうほう》学園に通った。

学校までは、国立駅からまっすぐ南に伸びる桜並木の大学通りを歩く。春には、桜の巨木が見事な花を咲かせ、見渡す限りピンクのベールに包まれた。このあたりは今も緑が多いが、当時はまことに牧歌的で、空気もきれいだった。近くに住む医師が、よく馬に乗って朝の散歩をしていたのを覚えている。

学校へ行く途中に、一橋大学の前を通る。学校帰りには塀を乗り越えて広いキャンパスに入り、よく遊んだものだった。

桐朋中学・高校は、山下汽船の社長の寄付金をもとに、一九四一年、山水中学校として創設された。戦時中は軍人の子弟を教育していたという。

現在は人気の高い名門私立校になっていると聞くが、私が中学校を受験したころは、まだまだ知名度は低かった。二百二十人の定員に対して、応募が二百二十五人というありさまである。

なぜそんな学校を受験したかといえば、慶応義塾の普通部の入試に失敗し、どうしようかというときに、父親の知人にすすめられたからだった。

「あそこは将来、必ずいい学校になるから」

その人の言葉が嘘《うそ》ではなかったことは、入ってみてわかった。細かいことをうるさく言うこともなく、自由で、実にのんびりした校風だった。

入学したとき、つぶらな瞳《ひとみ》をきらきらと輝かせた少年に出会った。のちに作家となる嵐山光三郎《あらしやまこうざぶろう》である。

有名な小説家が子供のころに書いたという文章を目にすると驚かされることが多いが、なるほど、文才は早くからあらわれるようである。嵐山も、中学時代から、その才能の片鱗《へんりん》をのぞかせていた。

社会科の夏休みの宿題で、嵐山がフランス革命について書いたレポートを覚えている。

「ボーンボーンボーンと、十二時の鐘が鳴った」

書き出しから小説仕立てであった。こんな書き方があるのか、と私は衝撃を受けた。

嵐山はのちに不良中年を自称するようになる。文才とともに、やんちゃぶりも当時から発揮されていて、同級生の間でもひときわ目立つ存在だった。

ユニークな先生が多いのも桐朋学園の特長だった。とくに、数学の宮本大典先生は、おおらかでいて秀才。教室に入ってくるなり、

「教頭が窓からのぞいたりすると具合が悪いからな」

といって、黒板にチョークで丸や三角の図形を描き始める。まじめに授業をやっていますよ、というアリバイ作りである。

「円は肩で描くんだ。どうだ、この円は。我ながらほれぼれするな」

そうしておいて、おもむろに漫談を始める。これが滅法おもしろい。生徒たちはいつも楽しみにしていた。

もちろん、数学の指導も熱心だった。早朝に数学好きの生徒を十人くらい集めて、群論、トポロジー、行列式といった、中高生にとってはかなり難解な講義をしてくれた。

さらに高校の夏休みには、

「よし、平面解析幾何学の奥義《おうぎ》をきわめるぞ」

といって、五日市の山奥にある先生の知り合いの農家で合宿をした。先生お手製のガリ版刷りのテキストを使って、午前中は講義を受ける。午後はグループに分かれて問題を解き、夜は答え合わせという毎日を送った。

数学漬けの日々は楽しかった。幾何の問題は、補助線を一本引くだけで、みるみる解けていくことがある。それは私にとって胸のすくような瞬間であった。

宮本先生をはじめ、情熱的で個性豊かな桐朋の先生方は、小学校のときの不愉快な教師体験を吹き飛ばしてくれた。

そして、桐朋に通っていた六年間、最も熱中したのが生物部の活動だった。生物部には、鳥、魚、昆虫、植物など、それぞれ興味の対象が異なる部員が集まっていた。一般の人にはなかなかわからない世界だと思うが、ひと口に昆虫好きといっても、みな同じではなく系統が細かく分かれている。養老孟司《ようろうたけし》さんのような甲虫好きもいれば、私のような蝶好きもいるのだ。

休みの日には、国立から中央線一本で行ける高尾山や、青梅《おうめ》まで足を伸ばして昆虫採集をした。

美ヶ原で夏合宿をしたときには、蝶好きの仲間と、蝶が吸水にくるポイントがあった石切り場に出かけた。じーっと待っていると、朝の白い光の中に蝶がふわりと舞い降りた。ビロードのような光沢のあるエンジ色の地に黄色の縁取り。タテハチョウの一種、キベリタテハだ。

湿った土の上にとまって、ゆっくりと羽を開いたり閉じたりする姿は気品にあふれ、優雅な貴婦人そのもの。網で捕らえ、親指と人差し指で蝶の胴を挟んだ瞬間、私のアドレナリンは急上昇。えもいわれぬ恍惚感《こうこつかん》を味わった。

その関係性は不明だが、少年時代に蝶《ちょう》が好きで医学の道に進んだ人は少なくない。国立がんセンターにも、蝶の写真を何枚も自分の部屋に飾っている先生がいた。ときどきこっそり彼の部屋に伺っては、蝶談義に花を咲かせたものである。


数学、生物と、好きなことを思いきりできた桐朋での日々も、終わりに近づいてきた。高校二年になると、だれもが進路を考え始める。私は成績はよかったが、特に目標があって勉強をしてきたわけではなかった。ただ、親も兄もみな法文系だったので、自分も大学の法科に進むのだろうか、と漠然と思っていた。

そんなとき、忘れられない別れが訪れた。十年以上いっしょに暮らしてきた犬が死んでしまったのだ。子犬のときに父親が連れてきたシェパードだった。江戸にちなんでエドックスと名づけ、エド、エドと呼んでかわいがっていた。

見かけは精悍《せいかん》なシェパードなのに、雷と花火が大の苦手。「ドーンゴロゴロゴロ」と音がすると、一目散に縁の下に逃げ込んでふるえていた。

丈夫な骨格を作るために、エドには鶏の頭を煮たものを与えた。硬くてヌルヌルするくちばしの部分を取り除くのが、私たち子供の仕事だった。

そのエドの命が突然、ポタッと途絶えた。さっきまで温かかった体から急速に熱が失われ、冷たくなっていく。生命とはいったい何だろうと考えずにはいられなかった。生命の不思議さは、昆虫採集を通して小さいころから感じてきた。静かにくすぶっていた生命に対する興味の炎が、エドの死を境に燃え上がった。

母親が病気がちで、しょっちゅう寝込んでいたこともあった。私は、自分が一生をかけて取り組みたいテーマは医学だと気がつき、志望を医学部に定めた。

下駄をはいた医学生

東京大学の医学部は、教養学部の理科三類で二年間勉強したあと、専門課程に進む仕組みになっている。私が学生のときは、理科三類がまだなく、医学を志すものは理科二類に入る。私は、その入学試験に失敗した。

中学高校では、特待生として学費を免除されるほど成績がよかったのに、いったい何がいけなかったのだろう。自分でも原因がわからぬまま、一年の浪人生活を送った。昼間は予備校に通い、ひたすら机にかじりついて勉強した。

翌春、東大理科二類に合格した。その時の数学の試験は、今でもよく覚えている。

桐朋の宮本先生に教わった行列式が役立って、自分でもほれぼれするくらいきれいに解けた。その瞬間、これは受かったな、と確信した。

入学式の日、駒場《こまば》の門をくぐると、いろいろなクラブが新入生を獲得しようと待ち構えていた。体格のいい男子は、ボート部や柔道部が奪い合うように引っ張っていく。私は身長一六九センチ。ごく普通の体形だから、ちっとも声がかからない。勧誘の列をずっと歩いていき、いちばん奥に陣取っていた空手部の門を叩《たた》いた。とはいっても、どこからも誘われなくて仕方なく、ではない。じつは、大学に入ったら空手をやろうと、かねてから決めていたのである。

中学時代、学校帰りに一橋大学のキャンパスを歩いていたとき、空手の演舞会を目にしたことがあった。真っ白い空手着の学生たちが列になり、かけ声とともに次々と集団型を披露していく。全員の動きが見事にピシッと揃《そろ》っていた。その格好よさに魅せられて以来、大学生になったら、とずっと憧《あこが》れていたのである。

練習は週三日。運動部、しかも空手となれば、軍隊式の厳しい上下関係があっても不思議ではない。それには耐えられないかもしれない、と入った当初は心配していた。ところが、練習が終わってしまえば先輩も後輩も一切関係ない。冗談を言い合って笑いころげている先輩たちに、私はすぐに溶け込んだ。

練習自体は相当にきつかったが、空虚な精神論をふりかざすことはなく、指導はきわめて合理的だった。

東大の空手部は、空手の四大流派のひとつといわれる「和道流」である。この流派は、明治二十五年に茨城県の下館《しもだて》で生まれた大塚博紀が創設したもので、土浦藩の武術の流れをひいている。

空手には、一人で演舞する「型」と、二人で技をかけ合う「組み手」がある。

私は医学部、しかも外科系に進もうと思っていたから、手を傷《いた》めたくなかった。「突き」の練習では巻きわらを突かなかったし、試合もあまり好きではなかった。

そんなことから、さほど活躍はできなかったが、型は大好きだった。和道流には十六の型があり、それを次々とマスターしていくのが楽しかった。今も突きと蹴《け》りの稽《けい》古《こ》だけは続けている。

合宿のときは、ふだんにも増して練習が激しくなった。合宿といっても、学期中に学内の合宿所で行われることもあった。練習がきついので授業をさぼる部員が多かったが、私は出席していた。

ある時、足の甲が腫《は》れあがり、靴が履けなくなった。かといって裸足《はだし》で授業に出るわけにもいかない。仕方なく下駄をつっかけて、階段教室の後ろからコソコソと入って講義を聴いた。下駄を履きつつ音をたてないで歩く、というのは至難の業《わざ》であった。そんな調子だから、合宿のたびに部員がごっそりとやめていった。新入生のとき一緒に入部した百二十人のうち、卒業まで残っていたのはたったの十人だった。この十人とは、今も仲良く酒を飲む付き合いが続いている。

空手の合宿が終わった直後は、ぐったりして何もする気が起きない。しばらく休んで体が回復してくると、こんどは旅の虫がうずき出す。リュックサックに寝袋を詰めて列車に飛び乗った。

夏休み、春休みのたびに十日間ほど、こうして身軽な装《よそお》いで旅するのが私の息抜きであり、何よりの楽しみだった。北は北海道から南は九州一周まで、それこそ日本中をほっつき歩いた。

財源は、家庭教師のアルバイト代。近くにユースホステルがないときは、駅のベンチで夜を明かすことも多かった。

いろいろな人と出会った。九州の宮崎で店の人に道をたずねたら、

「これから宿を探すのは大変だから、うちに泊まっていきなさい」

と家に招き入れ、夕食をごちそうしてくれた。

和歌山県の潮岬《しおのみさき》のユースホステルで、空手の体さばきの練習をしていると、じっと見ている人がいる。京大空手部の学生だった。その夜は空手談義に花が咲いた。また、鹿児島の海岸では東大工学部の二人組の学生に会った。種子島《たねがしま》にロケットの打ち上げを見に行くのだという。彼らのテントにも泊めてもらい、酒を酌《く》み交わした。当時は、こうした気ままな旅が、学生の間で流行《はや》っていたのである。

グループで行くより、私は一人旅が断然好きだった。ずっと実家で家族と住んでいたから、たまには一人になりたいという願望があったのかもしれない。寂しさなどまったく感じなかった。ふだんの生活では見られないもの、出会えない人たちに触れられるのが、何よりの醍醐味《だいごみ》だった。

空手部の練習と医学部の勉強だけでも十分に忙しかったのだが、私は大学で、「踏朱会」という絵のグループにも入っていた。踏朱会の「朱」は東大の赤門からきている。

美術の時間は中学のころから好きだった。昆虫に空手に絵画と、まったく脈絡がないが、どれも自然に好きになっていったものである。

今でも酒の席での自慢にしているのだが、高校の美術の先生から、

「芸大を受けるなら早めに相談しなさい」

と言われたこともある。

また、大学時代も、ボランティアとして踏朱会に指導に来ていた独立美術協会の、今は亡《な》き樋口加六先生から、

「きみの絵は一号五千円の値を付けてもいい」

と、お墨付きをもらって狂喜したことがあった。

大学を卒業するとき、樋口先生からはこう励まされた。

「卒業して仕事が忙しくなっても、毎日描きなさい。一日に五分、十分でもいい。自然の光が無理なら、電灯の明かりの下でいいから描き続けなさい」

しばらくは言われた通りに続けていたが、忙しくなるにつれサボりがちになり、とうとう挫折《ざせつ》してしまった。

それから何年かして、久しぶりに絵筆を握ったら、かつて好きだった色が全然出せない。

「樋口先生が言われたのは、こういうことだったのだ」

と思ったときにはもう遅かった。

家に眠っている私の絵画道具が勿体《もったい》ないからと、ずっと後になって、妻が習い始め

た。すると、妻のほうがはるかにセンスがあり、意気消沈したものである。

卒業試験をボイコット

私が大学に入学したのは一九六一年。六〇年の安保反対以降、下火になっていた学生運動は、六〇年代半ばになると、ベトナム反戦運動で再び盛り上がり始めた。大学進学率が上がり学生が増える一方で、学生への管理強化、授業料値上げなど、大学が改革すべき問題は一向に解決されなかった。学生たちはいらだちをつのらせていた。

そんななか、口火を切ったのが「医学部闘争」だった。

六六年三月二十一日、全日本医学生連合（医学連）の学生たちによって、青年医師連合（青医連）が結成された。私が六年制の医学部を終える一年前のことである。

現在は、医学部を卒業するとすぐに国家試験を受け、医師免許を取得することができる。

しかし当時は、国家試験の受験資格を得るためには、「卒業後一年以上の診療及び公衆衛生に関する実地修練」が義務付けられていた。いわゆる「インターン制度」である。

つまり、卒業してから一年の間、大学病院や大きな総合病院で研修しなければいけないのだ。とは言っても、その研修カリキュラムがまったく整っていない。そればかりか、研修中の者は学生でもなく医師でもないという、中途半端な身分におかれていた。

収入も非常に低く、生活できるかできないかというレベルだ。「インターン」、「研修医」、「無給医」などと呼ばれ、安価な労働力として都合よく使われてもいた。戦後まもなく作られた制度で、学生たちには悪評紛々であった。モデルとされた米国のインターン制度は、カリキュラムも内容も充実したものだったが、わが国はその形だけを真似《まね》た。

青医連は、このインターン制度の廃止を求めて、国家試験ボイコットなどを打ち出した。全国の医科大学、医学部四十七校のうち、三十四校が参加を表明し、二千七百人が運動に加わったのである。

もちろん、私もその一員だった。東大でも、卒業後の東大付属病院での研修をめぐって、学生と大学側が対立していた。我々は、六七年三月に行われるはずの卒業試験のボイコットを武器に、授業を放棄するなどストライキを計画した。

「卒業が遅れたとしても、これは時代の要請だから仕方がない」

私は腹をくくり、デモにも積極的に参加した。学外のデモでは、機動隊の盾で足を強打され、激しい痛みをこらえながら行進を続けたこともあった。

時代の空気は、「今、闘わなければ」という気迫で充満していた。私は党派には所属しないノンポリだったが、純粋に正義感から闘争にのめりこんでいった。

将来の不安は、不思議となかった。当時はまだ医師が不足していたから、運動にかかわっても医師免許さえ取れば何とかなると思っていた。

実際、私は免許を取ってすぐ、都立豊島病院の泌尿器科《ひにょうき》に医師として採用されている。面接では、かなり厳しく学生運動の過去を問いただされたが。

逮捕歴がなかったのと、豊島病院が極度の人手不足であったことが幸いした。何せ泌尿器科の医師が医長一人しかおらず、手術のときはほかの病院から応援を頼んでいる有様なのだ。経験が浅かろうが、学生運動をやっていた者であろうが、若い医師は大歓迎という状態だったのである。

話を戻そう。東大医学部の同じクラスの百二十人のうち、半分以上はストライキに賛成していた。しかし、家庭の事情でどうしても三月に卒業しなくてはならない者もいた。

「僕はここで半年の時間を無駄にするわけにはいきません」

という秀才もいた。

クラスは、スト派と反スト派で真っ二つに分かれた。そのときに生じた溝《みぞ》は思いのほか深く、卒業から数十年たっても両派が一堂に会することはなかった。二派がそろって同窓会を開くようになったのは、つい最近になってからのことである。

この六七年の卒業試験のボイコットを発端に、医学部全体がストに突入していった。その動きがほかの学部にも広がり、それから東大闘争、安田講堂事件へとつながっていったのである。

余談になるが、その後の動きを記しておくと、我々の卒業試験ボイコットを受けて、厚生省は六七年に「医師法一部改正案」を国会に提出した。

そこには、卒業後二年間の研修を終えた者を「登録医」とし、研修していない医師と区別する「登録医制度」の導入が盛り込まれていた。学生側は、これは管理強化の手段にすぎず、根本的には何も解決されていないと反対した。

結局、翌六八年に医師法が改正され、インターン制度は廃止された。

医学部闘争のため、私の卒業は六七年三月から五月にずれこんだ。そして時代が生んだ混乱の中、妻と出会うことになるのである。

患者との恋

卒業後、私は本来なら東大付属病院で研修をするはずだった。しかし大学闘争の最中、研修はストライキでたびたび中断された。

そこで、私は青医連の仲介する病院でアルバイトを始めた。青医連は医療機関から情報を収集し、私のように職を求める研修医と、人手の足りない病院をつなぐ役割も果たしていたのである。

まず紹介されたのは、東大のすぐ裏にあったR病院。今はなきその病院は、ホームレスのための施療施設だった。酒の飲みすぎで肝硬変になり水がたまっているような、ひどい状態の患者さんばかりが入院していた。

それとは別に、杉並の実家の近くにあった、今はなきE病院にもアルバイトに行った。

そこに入院していたのが妻である。

彼女は、手指の関節炎の治療をしていた。E病院では、医学部時代の同級生五人と曜日ごとに交替で診察していたから、私が病院に通うのは週に一度だけ。私は彼女の担当医の一人ではあったが、主治医というわけではなかった。

妻によると、五人が同じように白衣を着ていても、私はほかの同級生と違って貫禄《かんろく》がなく、とても医師には見えなかったらしい。

「心電図の技師さんかと思っていました。お医者さまだったのですね」

そんなやりとりをきっかけに、少しずつ言葉を交わすようになった。

まもなく彼女は退院し、私は週に一度、病院の車で往診することになった。

彼女は、両親の家の敷地内に建てられた一戸建てに住んでいた。場所は、私の実家から三百メートルほどの近さだ。

往診といっても、増血剤の注射のような簡単な処置をするだけである。その間にあれこれと雑談をした。

何よりも感心したのは、彼女の話のおもしろさだった。彼女はドイツに一年住んだことがあり、そのときの様子をいきいきと語ってくれた。聞いているだけで、彼女の並外れた頭のよさが伝わってきた。

頭がよいというのは、物事を理解する力の高さだった。彼女と話していると、会話が滞りなくスーッと進んでいく心地よさ、言葉の意味することを瞬時にわかり合える喜びがあった。そんな喜びを感じるのは、まったく初めての経験だった。会話を重ねるうちに、人生に対する考え方が似ていることもわかってきた。

医師の卵ということもあったのか、男なのにギラギラしていなかったからか、私は、学生時代から女性には割と好かれるほうだった。スケッチ旅行に行っていたグループの女性たちから、ラブレターをもらったことも何度もあった。だが、そういうことがあっても、デートをしようだとか、付き合いたい、などと自分から思ったことがなかった。

年頃の男の話としては、信じがたいかもしれない。今振り返ると、我ながら不思議な気もする。だが、学生時代はとにかく忙しく、女性と遊びたいなどと考える暇もなかった。それに正直なところ、空手や勉強に熱中しているほうが、ずっとおもしろかったのである。

ところが、彼女の場合は違っていた。数回会ったところで、何かビビッとくるものが体中を駆け抜けた。もちろん、これも一度も経験したことのない感覚である。

「結婚するならこういう人がいいんじゃないか」

と思っていたのが、ひと月もたたないうちに、

「結婚するならこの人しかあり得ない」

と確信するようになった。

私は人間関係において「波長が合う」ことが非常に重要だと思っている。医師と患者さんの間でも、お互い波長が合うと治療がスムーズに運ぶ。逆に合わないと、何かと問題が起きてギクシャクし、うまくいかないものだ。

彼女と私は、波長が完全に一致していた。結婚して四十年、いっときも変わらず仲良く過ごしてこられたのも、そのためだと思っている。

結婚相手を見つけた私は、迷うことはなかった。しかし、前途はあまりにも多難だった。結婚までには、長く険しい茨《いばら》の道が待っていたのである。

第二章　駆け落ち

傘一本の家出

何の変哲もない一本のこうもり傘――。

それが私たち夫婦の始まりだった。

出会ってひと月足らず、「彼女と結婚したい」という想《おも》いは、日増しに募っていった。

私は、医学部を卒業してまもない二十六歳。まだ医師免許も持っていない研修医ではあったが、結婚して家庭を持っても何とかなるだろうと楽観的に考えていた。

しかし、事はそう簡単には運ばなかった。なぜなら、彼女が三十八歳の既婚者だったからである。子供はおらず、十数年暮らした夫とはすでに別居していた。でも、離婚はまだ正式に成立していなかった。

また、彼女は病弱であった。このことも世間一般では結婚の妨げとなるだろう。年齢と病弱であることを考えると、子供は望めない可能性が高い。だが、子供のいない人生だっていい、と私は思っていた。

彼女の年齢も結婚歴も、そして病気がちなことも、私にはまったく問題とはならなかった。「この人しかいない」という想いに、わずかでも迷いが入り込むことはなかったのだ。

かといって、「恋」という熱病にかかって浮かれていたわけではなかったと思う。燃え上がる想いの一方で、冷静に考えている自分もいた。あの頃に戻り、じっくりと考えてみたとしても、私は同じ決断をしたと断言できる。

もっとも、私より冷静だったのは彼女のほうである。離婚して十二歳下の男性と再婚するとなれば、考えることも多かったに違いない。私よりずっと経験が豊富で、精神的にもはるかに大人だった彼女は、私に出会って、

「こんなに世の中のことを知らないで、すくすく育ってきた人もいるのか」

と驚いたそうだ。

彼女が結婚していた男性は、ジャーナリストだった。一年ほどドイツに住んでいたのは彼の仕事の関係からだった。

私は会ったことはないが、聞くところによると、非常に頭のいい人だったという。ただ、頭がよすぎてクールなところにだんだん耐えられなくなっていったと、妻はのちに話してくれた。波長が合わなかった、ということなのだろう。

四十年前の離婚は、今よりもはるかにエネルギーを要したはずである。しばらく経《た》ってから当時の気持ちを訊《き》いたことがあるが、彼女の背中を押したのは私だったという。夫と別居中に現れた私の存在が、彼女を離婚へと踏み切らせたようだ。

そのころ、私は杉並の実家に両親、兄弟たちと住んでいた。

ある日、両親がそろっているところを見計らって、

「結婚したい人がいる」

と切り出した。二人は驚いた様子で、話を聞こうと身を乗り出してくる。

「十二歳年上の女性で、これから離婚することになっているんだ」

みるみる両親の表情が険しくなった。

「あなた、何を言っているの。冗談はよしてちょうだい」

母親の叫びにも似た声に、部屋の空気は凍りついた。

どんな女性なのか説明する前から、拒絶反応である。父親も頭に血が上ってしまい、それ以上、私の話には耳を貸してくれなかった。

今でこそ、女性が年上の結婚は珍しくなくなり、ひとまわりほど上でも大騒ぎすることはなくなった。離婚、再婚も当たり前のようにおこなわれている。ただ、何せ四

十年前である。当時、この条件に反対しない親はいなかっただろう。

もちろん、私とて最初からすんなりわかってもらえるとは思っていなかった。とにかく根気強く説得を続けるしかない。

しかし、その後も変わらなかった。私は何度となく両親との話し合いを試みたが、話し合うどころか、聞く耳さえも持ってもらえなかった。壁のように頑《かたくな》な両親の態度は、ビクともしなかった。

彼女を家に連れてきて紹介するなど、もってのほかである。

特に大変だったのは母親だった。まなじりを決して、

「あなたがその人と結婚するなら、私は自殺します」

と言い出す始末だ。

それまで母親と散々やりあっていた私は、ほとほといやになった。そんなことで自殺するならしてくれと、開き直るしかなかった。

両親の様子を見ていた兄弟たちも、私に背を向けるようになった。家の中では孤立無援、四面楚歌《しめんそか》である。会話はなくなり、針のむしろに座っているような毎日だった。

いてもたってもいられなくなり、私は傘を一本つかんで家を飛び出した。

向かったのは彼女の家である。身ひとつ、でなく傘一本で彼女のもとに転がり込み、

その日から一緒に暮らし始めた。

傘を持って出たのは、たんに雲行きが怪しかったから、であった。

祝福されない結婚

「荷物を取りにきなさい」

母親から電話があったのは、その数日後のことだった。

実家を勝手に出た以上、置いてきた荷物は潔《いさぎよ》く全部捨てたことにして、何もかも新しくやり直すつもりだった。とはいえ、背広や医学書を改めて買い直すには、まとまった金がいる。どうしようかと思案しているところだった。

さすがは母親である。私が困っていることなど、お見通しだったのだろう。そして私が結婚に対して本気であること、いくら反対しても意志を曲げないことも悟っていたのだと思う。かといって、私たち二人の関係を認めてくれたわけではなかった。

翌日、私はさっそく小型トラックを雇い、実家の敷居をまたいだ。

数日離れていただけなのに、何だか知らない家に来たような感じがする。家の中は静まりかえっていた。父親は勤め先の銀行に行っていて留守だった。

母親は一人、部屋にこもって泣いていたのかもしれない。いちども顔を見せなかった。私は医学書、空手着、洋服などを自分の部屋から運び出し、トラックに積み込むとすぐに実家をあとにした。

感慨は特にわいてこなかった。実家に別れを告げる寂しさより、新しい生活への期待でいっぱいだったのである。

その日から、親とは完全に音信不通となった。

とは言っても、私の実家と、私が住み始めた彼女の家は三百メートルほどしか離れていない。いつどこで会ってもおかしくなかったが、家族の姿を見かけたことはなかった。近所を歩くときは、お互い無意識に、顔を合わせそうなルートを避けていたのだろうか。

彼女の両親はというと、こちらには初めから承諾をもらっていた。同じ敷地内に住むのだから、当然といえば当然である。

彼女の住んでいる家は、もともと彼女と夫が暮らしていた家だった。夫が出ていったあとに、私が突然、飛び込んできたわけだ。あちらの親にしてみれば、

「こんな若い人といっしょになって大丈夫だろうか」

と不安だったに違いないが、そんな様子はまったく見せなかった。父親は元軍人で、

陸軍少将だったという。戦後は会計士の仕事をしながら、ひっそりと暮らしていた。

彼女のもとへ転がり込んでから一年後の一九六九年三月、私たちは杉並区役所に婚姻届を提出した。結婚式も指輪の交換もしなかった。彼女が再婚だったこともあったが、二人とも形式にはこだわらず、式や指輪が必要だとは考えていなかった。そんなお金がなかった、ということもある。

覚えていることと言えば、婚姻届を出しに区役所へ行った帰りに、何かおいしいものを食べよう、となり外食したことくらいである。何を食べたかは思い出せないのだが。

こうして駆け落ち同然に始まった新婚生活は、実に楽しいものだった。一緒に暮らし始めてからも、私たちの間にはいさかいもなく、年の差も気にならなかった。

もっとも、私の同級生が遊びに来ると、

「十二歳下の人に頭を下げなきゃいけないのね」

などとブツブツ言うこともあったが、それも最初のうちだけだった。

しかし、そんな充実した日々のなか、私は複雑な思いを抱えていた。両親を悲しませているという意識が、次第に心に重くのしかかってきたのである。

結局、折れてくれたのは親のほうだった。実家を出て三年が過ぎたころ、

「いちど二人で遊びにいらっしゃい」

と、連絡があったのである。

ようやく諦《あきら》めてくれたのだろうか。こちらにとっては願ってもない話であった。初めて妻を実家に連れて行き、両親と四人で食卓を囲んだ。それから兄弟たちにも紹介し、晴れて夫婦として認めてもらうことができた。

今あの時代を振り返ると、度胸だけはすわっていたように思う。

まだ医師免許を持っていない研修医の収入はわずかなものである。それでいきなり所帯を持ち、どうやって暮らしを立てていこうというのか。無謀としかいいようがない。とにかく何とかなる、二人で未来を切り開けると信じていた。

妻は自宅で英語を教え、家計を支えてくれた。

一九六九年一月、私は医師免許を取得した。これでようやく一人前になれると思った。

警察からの呼び出し

当時、東大医学部を出た学生は、そのまま東大の医局に入って修行を積むパターンが多かったが、私たちはあえてそうしなかった。医局に入らず外の病院に勤めようというのが、青医連の方針でもあったからだ。

私の最初の就職先となった都立豊島病院も、青医連を通じて探した。青医連には、どこの病院のどの科が医師を募集しているかという情報が集まってくる。

その中から、私の専門の泌尿器《ひにょうき》科の症例が多い、という理由で豊島病院を選んだ。そして、過去の学生運動の履歴を問題視されながらも採用試験に合格したのは、前に述べたとおりだ。

六九年四月、私は都立豊島病院の泌尿器科で働き始めた。ところが、ようやく安定した暮らしができると安堵《あんど》したのもつかの間、私の行く先には、大きな試練が待ち受けていたのだった。

それは、豊島病院の医師になって半年ほどたったときのことだった。私は〝医療事故〟に巻き込まれたのである。

尿路を撮影するのに当時使われていた造影剤で、ウログラフィンという薬がある。

ある朝、私はいつものようにこの薬を、八十歳代の前立腺《ぜんりつせん》肥大症の患者さんの腕の静脈に注射した。勤め始めてから半年間で五百回以上は打っている注射である。泌尿器科の医師にとっては、日常茶飯の処置といっていい。

そろそろ薬液を注入し終わろうというとき、患者さんが突然、口から泡を吹いて苦しみだした。なんと、ウログラフィンに対する過敏反応によるショック（アナフィラキシー・ショック）を起こしているではないか。すぐに心臓が、続いて呼吸が止まった。

私は心臓マッサージ、挿管《そうかん》による呼吸管理などの救命救急処置を始め、ほかの医師や看護師の応援を呼んだ。

医師や看護師が次々に検査室に駆けつけ、約四時間にわたってさまざまな救命処置を試みたが、患者さんは亡《な》くなってしまった。

私たちが夢中で救命処置をしている間に、病院の事務部門が、この件を医療事故として板橋警察署に報告していた。そのため、患者さんが亡くなるとすぐに警察がやってきた。

証拠物件としてカルテの提出を求められたが、救命に必死だった私は、まだカルテに何も記録を残していない。警察官に急《せ》かされながら、思い出せる限りの医療行為を、順番もかまわず大慌《おおあわ》てで記入して提出した。

翌日、板橋警察署から呼び出しがあった。調書を取られ、署名、押印《おういん》した。

幸い、担当の刑事は事態をよく理解してくれた。患者さんにはショックが起こる可能性を説明していたし、薬物過敏症の有無を事前にたずねていた。ウログラフィンに関するテストも行っている。そのことはすべてカルテに記載されていた。

患者さんの御家族にもきちんと説明し、冷静に受け止めていただいた。たいへん不幸な事態ではあったが、こちらですべきことはしたと思っていた。

そして、泌尿器科の医長は、翌日からも私にウログラフィン注射をどんどんさせ、精神的なショックからできるだけ早く立ち直るよう指導してくれた。

ところが、それから半年ほど経ったときのこと。泌尿器科で忙しく働いていた私に、東京地方検察庁から電話があった。

「○月○日○時、東京地検の○階○号室に出頭してください」

受話器を手に事態を飲み込めないでいると、

「あなたは数ヶ月前に医療事故を起こしているでしょう」

と、相手はたたみかけてきた。

予定をキャンセルして、指定された日時に東京地検に出向くと、殺風景な取調室に連れていかれた。小さな机を挟んで担当検事と向かい合う。求められるまま、改めて事故の一部始終をくわしく説明した。

私の話をひと通り聞いた検事は、こう言った。

「アナフィラキシー・ショックが起きるまでの注意義務は十分に果たされており、問題ありません。ショックが起きる可能性を知っていて、そのための予防措置もとっています。この検査自体の必要性も理解できます。しかし、ショックが発生してからの救命処置に問題があったのでは……」

この検事の言葉は、事故があった当日、私が急かされながら書いたカルテに「ビタカンファー　1アンプル皮下注」と記されていたことからきている。

この薬は、今はもう使われなくなったが、当時は強心剤の一種としてよく使われていた。応援に来てくれた外科の先生が打ったのを、私がカルテに記録したのである。

検事はさらに続けた。

「心臓停止、呼吸停止をしている患者さんにビタカンファーの皮下注射をしても、何の役にも立たないでしょう。事故が起きたのは仕方がないとしても、救命措置に問題があったのではないですか?」

その瞬間、私は初めて事態の深刻さを悟った。

「自分は疑われているのだ！」

そのときまで、私は東京地検に呼び出されることの意味を理解していなかった。自分は、業務上過失致死が疑われている。全身から血の気が引いていった。

帰宅して妻に事情を話した。彼女は深刻な面持ちで聞いていたが、動じることはなく、

「弁護士に相談してみたらどうかしら」

と、アドバイスをくれた。

今でこそ、医療事故が起きればすぐに弁護士が登場する。しかし、当時はそうした発想は一般的ではなかったし、私も考えもしなかった。

妻は、私が判断に困ってしまうような場面でも、何をどうすればよいかが見えている人だった。いったい何度、彼女のアドバイスに助けられたことだろう。

相談にいった弁護士の勧めもあり、私は患者さんの病態の変化を、時間を追って記した。また、そのときどきの病態に対して私が何をしたか、応援に来た泌尿器科婦長、麻酔科医、外科医が何を行なったかも一覧表にした。

東京地検での二回目の事情聴取では、この経過表を見せながら、患者さんの呼吸と心臓が停止してからの流れを順番に説明していった。

「確かに、ここでビタカンファーの皮下注射はされています。しかし、そのかなり前から、心・呼吸管理が行われています。別の強心剤も静脈内に投与されています」

私は、必死に自らの医療行為の正当性を主張した。

後日、泌尿器科婦長や外科医も東京地検に呼ばれ、事情聴取を受けた。

そして半年ほどたったある日、東京地検から一通の封書が届いた。

「容疑不十分により不起訴」

という文字が目に飛び込んできた。

ああ、助かった。

これが、正直な気持ちだった。改めて患者さんのご冥福《めいふく》を祈り、そしてこの事故を決して無駄にしてはいけないと思った。

実際に私は、この事故を機に、自分に厳しいルールを課すようになった。

ひとつは、現在では一般的になっているインフォームド・コンセントである。患者さんや家族に対する説明を重要視し、徹底しておこなった。説明した事実は、カルテに必ず書いておくようにした。

もうひとつは、カルテの記載を完全なものにすること。臨床医として患者さんに接した約三十年間、私は常にカルテの完璧《かんぺき》性を求めた。

長時間の手術が夜遅くまでかかったときなどは、心身ともに疲れ果てている。それでも、昼間に入院したほかの患者さんの病歴や治療計画なども、必ずその日のうちに記入することに決めた。

ときに苦痛と感じることもあったが、一度でも安易に流れてしまえば、ふたたび厳しい道に戻ることは難しくなってしまう。自分に鞭《むち》を打ち、課したルールを守り通した。

ウログラフィンによる薬物過敏症の死亡例は、十万件に一件程度と報告されている。私は泌尿器科医になってわずか数百例しか診ていない時点で、この事故に遭遇してしまったのである。

大学の泌尿器科の先輩からは、

「そんなに珍しい、不幸な体験をしたのだったら、思いがけない幸運にも巡り会えるかもしれないよ」

と、励まされた。

それから数ヶ月後、生後十日ほどの赤ちゃんの陰嚢《いんのう》内に発見された「胎児内胎児」と呼ばれる、極めて珍しい症例の手術を経験した。

この症例報告を英文で書き、妻にタイプを打ってもらって論文を書いた。そして、この家内工業で作成した英語論文が、『Journal of Urology』という米国の泌尿器科学の専門誌に掲載されたのである。初めての投稿で無修正で掲載されるのは、極めてラッキーなことだ。これは嬉《うれ》しかった。

医師としてスタートしてすぐに経験したこの医療事故は、いまだに鮮烈な記憶として残っている。医師という職業の重さを痛感させられたのはもちろんのこと、妻との関係においても忘れられない一件となった。

私は、妻の協力で「業務上過失致死」の疑いをはね除《の》けられたのだと思った。この事故を乗り越え、二人の絆《きずな》はますます強まっていった。

大胆で優柔不断な人

妻のことを少し話そう。

妻は、東京は池袋の生まれである。両親は鳥取県の出身だった。妻の母は結婚して

東京に出てきたとき、
「魚がみんな腐っている」
と思ったそうだ。日本海から水揚げされたばかりの、新鮮な魚しか口にしたことがなかったからである。

少女時代の妻は、朝鮮の舞踊家、崔承喜《チェスンヒ》にダンスを習っていた。

崔承喜とは、今では知らない人も多いと思うが、朝鮮から日本に渡り、一九三〇～四〇年代に一世を風靡《ふうび》したダンサーである。

日本では現代舞踊家の石井漠の教えを受け、朝鮮の舞踊を取り入れた独創的なダンスが多くの人を魅了した。「東洋の舞姫」「世紀の舞姫」と呼ばれ、川端康成、菊池寛らも絶賛したという。帝劇を連日満員にするほどの人気ぶりだった。

その崔承喜が東京で開いていたダンス教室に、妻は通っていた。ずいぶんかわいがられたと聞いている。

というわけだから、妻は大人になってからもダンスが得意だった。

のちにハワイへ旅行して客船に乗ったとき、ロマンチックな雰囲気にのせられて、
「あなた、踊りましょうよ」
と、妻に手を引っ張られたことがある。私はもちろんダンスの心得などない。踊り

始めたはいいが、たちまち足を踏んで叱《しか》られてしまった。

彼女のダンスはさすがにリズミカルで動きに無駄がなかった。普段から身のこなしがどこか洗練されていたのも、子供のころに受けたレッスンの賜物だったのかもしれない。

津田塾大学に進学した彼女は、英語を熱心に学んだようだ。

私は仕事上、外国の医師や研究者との付き合いが多いので、妻の英語力は大いに役立った。夫婦で出席するパーティーや会食でも、妻はひるむことなく会話に加わり、盛り上げてくれて助かったものである。

また、私が会議や講演をしている間も安心だった。妻はホテルから一人で出歩き、観光や買い物を楽しんでいた。

英語だけにとどまらなかった。大学を卒業した後、妻はドイツ語に興味を持ち、東京外国語大学のドイツ語科に入り直している。外語大時代も懸命に勉強し、よくできる学生として有名だったらしい。

私は医療の現場で使うためにドイツ語を読むことはできるが、会話はからきし苦手である。出張や旅行でドイツ語圏に行ったときも英語で通していたが、妻がドイツ語を話し始めると、現地の人の対応がガラリと変わって驚いたものだ。おかげで、またとない楽しい旅行となった。

　妻の向学心はとどまるところを知らなかった。私と暮らし始めてまもなく、こんどは文学を勉強したいと、東京大学のドイツ文学科に学士入学したのである。すべて、自分で決めていた。いま何がしたいかを的確に見極め、一度これと決めたら最後までやりぬく。そういう妻だった。

　帰宅後、大学で受けた講義について、「あの教授の解釈は違うのではないかしら」などと話すこともあったから、熱心に勉強していたのだろう。教材として取り上げられている作家についても、よく話題にした。

　妻が一番好きだったのは、『変身』の著者、フランツ・カフカだった。あの、理知的でどこか虚無的なところが彼女に合ったのだろう。つられて私もいくつかの作品を読み、二人でよく感想を話し合ったものである。

「奥さまはどんな方でしたか？」

　と聞かれるとき、私の頭にまず思い浮かぶのは、非常に賢かったということ、そして、抜群にセンスがよかったということだ。

身長は同世代の女性としては高い一六五センチ。すらりとした体形で、むずかしい色の組み合わせもさらっと着てみせた。帽子もよく似合った。

本人も、ファッションにたいへん興味を持っていた。フランスのパリでは、老婦人が紫色のブラウスを着ているのを見て、

「すてきね。あの色はなかなか着こなせないわ」

とため息をつき、ローマで地元の男性が革のコートを肩に羽織っているのを見ては感心していた。私がその真似《まね》をすると、いまひとつ決まらなかったのだろうか、

「あなた、その格好おやめなさいよ」

と、たちどころに却下されてしまったが。

しかし、妻はセンスはあったが、決断力はなかった。

「このセーター、赤か黒か、どっちがいいかしら？　選んでよ」

と、デパートで試着しながら、よく私に意見を求めてきた。

「もう面倒くさいから、両方買いなさい」

お金に少しゆとりができてからは、妻の悩みに付き合いきれず、こう答えることもあった。

店にいる間に決められないため、店員と親しくなると、服や靴をどっさり借りてき

て、家でゆっくりと吟味するようになった。

私が帰宅すると、ファッションショーが始まる。私は審査員として参加しなければいけない。妻は洋服だけでなく、帽子、ハンドバッグ、靴まで全身をコーディネートし、私が仕事をしている書斎に見せにくる。

私は書類から顔をちょっと上げて、

「それはダメ」

「よし、似合ってる」

と、一瞬で判定を下す。

「もうちょっと、ちゃんと見てよ」

妻は不満そうだったが、意見は聞いていたように思う。実際に私は、彼女に合うかどうか、ひと目でわかる自信があった。

今でも、妻が書斎のドアを開けて入ってくる光景が、ふと甦《よみがえ》ってくることがある。

前にも言ったように、夫婦二人でいるときは、年齢の差を意識することはまったくなかった。

ただ、若いうちは周りからいぶかしそうに見られることがあったのは事実だ。しかし、私の頭髪に白髪が混じるようになると、そんなこともなくなった。それどころか、彼女のほうがひとまわり上だというと、驚かれたものである。

私たちは喧嘩《けんか》もしなかった。

唯一《ゆいいつ》の例外は、車に乗っているとき。よくつまらない言い合いをしたものである。原因はいつも同じ。私の運転が気に食わないのだ。

妻は運転免許を持っていないから、運転はもっぱら私の役目だった。そして私は、何よりも安全を重視する慎重派。車線変更はせず、なるべく同じ車線を走っていたい。車線を変えると、その都度、ほんのわずかでもリスクを犯すことになるからだ。

ところが、妻はせっかちであった。

「隣の車線がこんなにすいているのに、なぜ行かないの」

「前を走っている車、遅いわね。追い越しましょうよ」

と、助手席から口をはさんでくる。とにかく、どんどん前に進みたがる。もし彼女が運転をしていたら、私は始終、怖い思いをしていたに違いない。

こんなふうに、私たち夫婦は、妻のほうが積極的で威勢のよいところがあった。

妻の男まさりの行動力がよくあらわれたのが、家を建て替えたときだった。

私が転がり込み、一緒に生活を始めた家は、老朽化が進み、一九七三年ごろに建て直すことになった。

当時、私は東大の医局に勤めていたが、銀行に住宅ローンの相談にいっても、「東大の若い先生か」と軽くみられ、なかなか貸してもらえない。彼らは、私の給料が安いことをよく知っていたのである。

そこで、妻の出番である。住宅金融公庫や難航する銀行との折衝を受け持ってくれた。

「普通、こういうことは男の人がやるものでしょう」

と言いながらも銀行に通い、どんな手を使ったのか、首尾よく融資を取り付けてきた。

お金の工面だけでなく、妻は設計図にも自ら手を加えていた。工事期間中も、すぐそばに借りていた仮住まいから毎日のように現場に行き、大工さんたちにあれこれ相談し、意見していたようだ。

逆に、ふつうは女性が決めることが多いカーテンの色や家具といった内装については、

「私はよく分からないから、お願いします」

と言って、私にまかせっぱなしだった。

大きな決断は驚くほど大胆にやってのけるのに、日常的な細かいことについてはかなり優柔不断だ。レストランのメニューや晩ご飯のおかずが決められなくて、

「今日は何を作ればいいかしら」

と、いつまでもうじうじと考えていた。

結婚当初はそのギャップに驚くことも多かったし、あまりに細かなことまで意見を求められるので閉口もしたが、慣れてくると自然と役割分担がなされていった。

そうして、新しい家が出来上がったときのこと。食費を節約するために冷蔵庫に常備していた納豆を食べながら、

「ああ、私はこの家を建てたのね」

と、妻は満足そうにくり返していた。

過酷な武者修行

豊島病院での二年間、私は手術の助手をしたり、簡単な尿管結石の手術をしたりして、泌尿器科の臨床を学んだ。

一九七一年、東大の医局に、我々ストライキ世代の若手医師がまとめて戻ったとき、

私は、専門としていなかった外科で一年ほど勉強したいという希望を出した。

というのも、私は当時、泌尿器科の治療に疑問を感じていたからである。

泌尿器科が診る腎臓《じんぞう》や膀胱《ぼうこう》は、腹膜といって、胃や腸などの臓器を覆《おお》っている薄い膜の外側にある。豊島病院の泌尿器科では、手術のときに腹膜に穴を開けても、膜の内側にある胃や腸の様子はまったく診ずに、すぐに縫合して閉じてしまっていた。豊島病院に限らず、当時はどの泌尿器科でもそれが普通だった。

しかし、私は泌尿器科であっても必要があれば腹膜の中も診るべきだし、将来は腸の手術もやるべきだと考えていた。そのためにも、外科の知識と技術を身につけたかったのである。

ところが、東大の泌尿器科の医局は私の希望に難色を示した。

「われわれの医局ではそういう前例はない。泌尿器科の医師が足りないときに、そんな勝手なことを許すわけにはいかない」

というわけだ。自分の専門外の科へ勉強に行くのは、当時は非常に珍しいことだった。

「それなら私は辞めます」

私もひかなかった。結局、私の希望は叶《かな》えられ、泌尿器科以外の病院に出向することになった。

私は修行先として適当な外科を探すため、関東一円の病院を調べた。その結果、埼玉県の熊谷市にある藤間《とうま》病院に行き当たった。東大医学部出身の兄弟が経営しており、院長の兄が婦人科、副院長の弟が外科を担当している。

この副院長が、手術の名手として知られていた。個人病院なのに虫垂炎やヘルニアといった簡単な手術はほとんどなく、大掛かりながんの手術ばかりをやっていた。ここで研修できれば、たいへん勉強になりそうだ。先輩からも、

「都立病院より給料は低いし、忙しいけど、あそこに行けば外科の腕は確実に上がるよ」

と聞いた。幸いなことに、病院は私の申し出を受け入れてくれた。

私と妻は、東京から病院の近くに引っ越し、この病院で修行させてもらうことに決めた。

それから一年間、早朝から深夜まで、まさに、死にものぐるいで働いた。

この病院の忙しさは、すさまじいものだった。まず午前中に外来の患者さんの診察をし、午後になると手術が入る。手術は、夜中の二時、三時、ときには四時までかかることもあった。それが終わっても、カルテの整理といった業務がある。

一日の任務を終え、おにぎりで空腹を満たし、数時間仮眠すると、もう翌日の診療が始まる。土日連続の当直のときは、土曜の朝に出勤し、月曜の夜まで帰れなかった。しかし、過酷ではあったが、若くて体力はあったし、自分で望んでやらせてもらっていることだから、ちっとも苦にならなかった。

がんの手術はすべて副院長が行い、私は助手に入る。副院長の手技は、評判の通り、見事なものだった。運針とよばれる、針の運びがとにかくすばらしい。

針は鋭ければ鋭いほど、先端が組織に入り込む感覚が手に伝わってくる。胃と腸をつなぐときは、畑のうねのようになったところに針を通して縫う……。

「針先が自分の目指すところに出てくるかどうか。これが大事なんだよ」

副院長は手本を見せながら教えてくれた。

一般的に、初めて開腹する患者さんは手術がしやすいが、再手術、再々手術の患者さんになると難しいと言われている。臓器と臓器が癒着しており、内臓が硬くなっている場合が多いからだ。

副院長は、そうした患者さんの手術も見事だった。メスやはさみを使って組織を分けていく手さばきは、見ていてほれぼれしたものだ。

私は大いに触発された。深夜、疲れきって帰宅してからも、風呂の中で糸結びの練習をした。身体深くのよく見えないところの血管を縛る練習として、足の指に糸を通し、すーっと縛る。やっているうちに眠ってしまい、鼻から水が入ってきて、あわてて目を覚ましたことも何度かあった。

そのうち、がん以外の胃潰瘍《いかいよう》、十二指腸潰瘍などの手術は、担当させてもらえるようになった。当時は、潰瘍も手術対象だったのだ。そんなときは、副院長が助手についてくれる。彼は大柄な人で、大きな手でぐーっと臓器をうまく分けてくれるから、視界が広がって非常にやりやすかった。そんなときは、自分の技量が上がったように感じたものである。

藤間病院の外科での一年は、その後の泌尿器科における治療でどれほど役に立ったかわからない。

この修行中、私は外科の仕事に徹することにこだわった。専門の泌尿器科の診察をやらされそうになると、

「私は外科の修行のためにここにきたのです」

といって断ったこともあった。

「あんたは将来、偉い人になるよ」

副院長は半ばあきれていたが、強引にこの方針を貫いたからこそ、より多くの外科の知識を身につけられたと思っている。

おかげさまで東大病院の泌尿器科に戻ってからも、普通なら外科に応援を頼むような手術も、たいていは自分で処理できるようになった。

たとえば、腸から膀胱を作る手術。こんな手術も、何の抵抗もなく取り組めるようになった。患者さんの腸を切り取り、それを切り開いてラグビーボールのような形に縫い合わせ、尿管を縫い付ける。そして、それを尿道に縫い付けると新しい膀胱となり、もとの膀胱がなくなっても自然排尿ができるようになるのだ。

手術中に外科的な処置が必要と判断すれば、私はその場でおこなった。患者さんにとっても負担が少なく、よい結果が出せたと思う。

藤間病院で記憶に残っているのは、虫垂炎で夜中に運ばれてきた二十代半ばの男性である。確かに虫垂のあるところを押さえると痛みがある。しかし、さらに深いところに手を置くと、しこりのようなものに触れた気がした。嫌な予感がした。

念のため腸の検査をすると、やはり狭窄《きょうさく》をおこしていた。大腸がんである。この若さでは珍しいケースだ。

「おお、これを見つけたか。偉いな」

副院長にほめられたのを覚えている。

一年間、副院長の仕事を間近で見ていて、医師にはセンスや手先の器用さが必要であることがよく分かった。だが、それにも増して大事なのは頭脳であった。どう診断し、どう治療するか。それを考える頭が、医師にとってもっとも重要であることを痛感した。

これから先、どのような心構えで仕事に取り組むべきか、考えさせてくれた貴重な一年だった。

さて、私は自分の希望で熊谷という土地に赴いたわけだが、問題は妻である。というのも、私の研修が決まったころ、妻は東大の独文科に在籍していた。最初のうちは熊谷からはるばる東京の本郷まで通っていたが、あまり丈夫ではない妻の体にはこたえたようだ。

それに、当時は学生のストライキが全学化した時期でもあり、妻が通う文学部も、勉強に集中できるような状態ではなくなっていた。

まだ卒論に手をつける前の段階で、本当は通い続けたかっただろうと思う。それでも妻は文句も言わずに中退し、当然のような顔をして熊谷の家を守ってくれた。

そして、ガーデニングに夢中になった。

それまで庭いじりなどやったことがなかったのに、自分で調べ、見よう見まねでいろいろと試していた。

脱脂綿の上に種をのせ、こたつに入れて温めると、見事に芽が出てくる。それを庭に植えると、あっという間に成長した。

チューリップ、スイートピー、アリッサムなど、病院が借りてくれた一軒家の庭には二十種類以上の花が咲き乱れ、それはそれは美しい花園になった。

私たちが東京に戻った日、引越しの車が去ると近所の人たちがわっとやって来て、残っていた花を競い合うように取っていったそうである。

自分の生きる道

熊谷の藤間病院での外科修行を終えた私は東京に戻り、一九七三年から東京大学医学部の泌尿器科文部教官助手となった。

東大病院で研修を重ねているうちに、泌尿器科医として大体のことはわかってきた。さて、これから何を専門にしていこうか。

私が興味を持っていたのは膀胱がんだった。膀胱がんは、やたらと再発するのである。内視鏡手術でがんを切除しても、また別の場所に次々とできる。医局の先輩たちは、それを電気でジージーと焼いていたが、私はその処置に疑問を持っていた。

何よりもまず、なぜ多発するのかを解明したかった。となると、がんの専門家のもとで、動物実験などもできる環境で、しっかりと研究したい。

そんなとき、大学の教養学部時代の同級生のツテを使ってたどり着いたのが、国立がんセンター研究所であった。同研究所の生物物理部で、研究の指導を受けることになった。

そのときに紹介されたのが、当時、生化学部で部長をしていた杉村隆博士だった。

「なぜ膀胱がんは再発するのか」というテーマを研究したい、と私が熱い思いを伝えると、杉村先生は、

「そうか、面白いと思うことをしっかりやれ」

と励ましてくれた。当時は、一枚の書類の提出もなく、人と人との信頼によって受け入れられた。夢のような時代だった。

それからは、東大での仕事を終えてから、夜は研究所で基礎研究をする生活が始まった。研究所には毎日夜七時から十一時頃まで、夏休みや冬休みになると、二週間ほ

ど集中して通った。

大学でやる研究とは違って、がんのプロの研究は、さすが本格的だ。試薬の量り方の厳密さからして違っていた。最初はプロの邪魔をしないようにと、かなり緊張し、遠慮もしていたが、私はどんどんと研究にのめり込んでいった。

ラットやマウスに発がん性物質を与えて経過を観察する実験は、何ヶ月もの時間がかかる。いよいよその結果を見るとき、私の興奮は最高潮に達した。未知の事実を発見し、また問題を解決する喜びは、何ものにも換えがたいものだった。

当時、私は三十二歳。このとき、ずっと研究することになるテーマが決まった。以後、十数年にわたって、私は膀胱がんの発生と進展、そして発がん抑制を研究することになる。

東大病院と研究所を行き来していたこの時期も、私はほとんど家にいられなかった。家に帰ってからも、論文を書いたり本を読んだりと、やらなくてはいけないことが山のようにある。だから、妻と話す時間は自《おの》ずと限られてしまった。

私は、帰宅すると、その日にあったことを十五分間くらいで一気に話した。

「そのまま文章になるような話し方ね。句読点までつけられそうだわ」

と妻は半ば感心し、半ば呆《あき》れながら聞いていた。それからいっしょに夕食をとり、私は書斎にこもる。仕事をこなすには、そうするしかなかった。

しかし、妻は家で一日、私を待っているわけだから、もっと話したかったのだと思う。ときどき書斎にやってきては机の隅をコツコツと指で叩《たた》いて、

「私はここにいるのよ」

と、存在をアピールすることがあった。そんなときは私も本から目を離して、できるだけ妻の話を聞くようにした。

妻が私の時間に入ってくるのはせいぜいそのくらいで、研究でどんなに帰宅が遅くなっても不平は言わなかった。常に私の仕事を全面的に支援してくれたことは、本当にありがたく思っている。そのおかげで私は思い切り仕事に打ち込むことができたのである。

国立がんセンターと私

国立がんセンター研究所でたいへんお世話になった杉村先生は、研究所の生化学部長から副所長、所長と務め、その後、国立がんセンターの総長、そして名誉総長にな

った。

初めてラットに胃がんを作ることに成功し、魚や肉の焼け焦《こ》げの中に、それまで知られていなかった数多くの発がん物質を発見するなど、優れた業績をあげられた方である。

私は長年にわたって杉村先生の指導を受けたが、その厳しさは尋常ではなかった。

「実験条件をいちどに二つも変えるやつがあるか！　そんな馬鹿《ばか》な話は聞いたことがない！」

と怒鳴ると同時に、白墨がピュッと飛んでくる。私が身をかわすと、ますます怒りが激しくなった。

また、あるときは、新しい抗がん剤を治験中だと話したら、

「その薬の化学構造は？　分子量は？　水に溶けるのか溶けないのか？　溶けないならどうやって溶かすのか？」

と、立て続けに質問された。私がしどろもどろになると、たちまち形相が変わり、カミナリが落ちた。

「どういうことだ！　君はそんなことも知らないで患者さんに薬を投与しているのか！」

怒鳴らなくてもいいと思うが、言っていることはごもっともである。それからは必ず、新しくはいってきた薬剤については、完璧《かんぺき》に勉強してから患者さんに使うようになった。

杉村先生には、文章も徹底的に指導された。

当時のことだ。鉛筆でようやく書き終えた原稿用紙四十枚もの文書を、提出した途端に読まずに突き返されたこともある。

「黒いな」

のひと言だった。黒いとは、漢字が多い。つまり、難解だということである。難しいことをやさしくわかりやすく書いてこい。そう言いたかったのだろう。ずいぶん苦労して、書き直して持っていくと、

「おお、だいぶ白くなったな。読んでみようか」

と、その場で読み始めた。

「内容には何も文句はない。非常によく書けている。だが、バラの香りがねえなあ」

ときた。私は、また書き直すことになった。

バラの香りがする文章とまではいかなくても、私が文章にも神経を使うようになったのは、杉村先生の厳しい指導があったからである。研究と人生全般に対する指導に

ついても、深く感謝している。

一方で、私も、杉村先生の書いた論文や発表原稿に遠慮なく赤字を入れるようになった。先生は、その大半を受け入れてくれた。上司も部下も関係なく、やったらやり返す。否《いな》、切磋《せっさ》琢磨《たくま》する。そんな環境を作っていただけたことに感謝している。

一九七五年、東大付属病院から研究所に通う日々が二年続いたあと、私は国立がんセンター病院の泌尿器科医師として採用された。以後ずっと、今日に至るまで、同センターが私の働く場所となった。

杉村先生には、研究だけでなく、がんセンターという組織の先輩としてもいろいろなことを教わった。特に言われたのが、管理者としての姿勢である。

研究者が管理職につくと、「余計な雑用が多くなっていやだな」と感じるものだが、杉村先生はこう言うのである。

「雑用だなんて思ったら絶対にダメだ。例えば、人事というのは、このポジションにこの人を据えると組織がどう活性化するかを考えることだ。組織の将来を考えるという点で、研究とまったく変わらない。人事はサイエンスなんだ」

どうせ同じだけ時間を使うのならば、イヤイヤやるより、どうしたらよい結果が得られるか、組織の活性化ができるかを真剣に考えるほうがずっとおもしろい。

また私は、若い人から論文を預かると、それが英語であろうが日本語であろうが、必ず三日以内に直しを入れて返すようにしている。中には一週間、一ヶ月後に返す人もいるようだが、若い人は上司に対して催促しにくいものだ。忙しい若者にかわいそうな思いをさせてはいけない、というのも杉村先生の教えである。

どんなに忙しくても、いちど習慣にしてしまえば、論文を見る時間は捻出《ねんしゅつ》できる。要は自分の意識の持ち方、心構え次第なのである。

がん医療の最先端を担《にな》って

東大の医局にいる者が、医局人事からはずれて一般病院に就職する場合、通常は医長か部長に就任する。しかし、三十四歳のとき国立がんセンターに採用された私は、カナダのトロントに一年間留学はしたものの、四十歳で健康相談室長になるまで、ずっとヒラのままだった。

というのも、当初は東大の医局から派遣されていた私だが、まだヒラのときに東大医局を辞め、国立がんセンターに就職することにしたからである。不人気だった国立がんセンターで楽しげに仕事をしている私のことを誹謗《ひぼう》する声が聞こえてきたため、私は人事サイクルからはずれ、国立がんセンターに就職するというかたちをとったのだ。

ただ、健康相談室長になってからは早かった。泌尿器科医長、手術部長、病棟部長を務め、副院長になり、五十歳のとき院長に就任した。

責任ある立場になってからは、泌尿器がんのことはもちろん、全《すべ》てのがんの勉強をし、日本のがん治療が改善されるように力を注いできた。

まずは膀胱《ぼうこう》がんである。みんなで力をあわせて治療をしていく必要性を以前から感じていた私は、泌尿器科の医長になったとき、チームを作り、膀胱がんの新しい手術の研究を進めることにした。

前立腺《ぜんりつせん》がんにも取り組む必要があった。

臨床現場での経験から、私は、今後アメリカに続いて日本でも前立腺がんがどんどん増えていくだろうと感じていた。日本人のがんが、西欧人型のがんに移行していることを肌で感じていたのである。疫学者の予測も同じ方向を示していた。

しかし、一九八〇年代前半の日本でおこなえる前立腺がん治療といえば、進行したがんにホルモン治療をするだけであった。当時、アメリカで行われていた、早期発見した患者に前立腺全摘除術を実施するという治療は、ほとんどなされていなかったのだ。もちろん、私自身も未経験であった。このままではまずい。

そこで、一九八四年にスタートした「対がん十か年総合戦略」の研究事業の一環として、三週間、アメリカに派遣させてもらうことにした。

研修先はミネソタ州ロチェスターのメーヨー・クリニックである。同クリニックのロバート・P・マイヤー博士は、前立腺全摘除術を何千例も経験している、アメリカでも屈指の前立腺がんのスペシャリストだ。

マイヤー博士とは、その二年前にドイツで開かれた泌尿器科の研究会で初めて顔を合わせた。研究会後に開かれた懇親会で、彼は私のテーブルにやってくると、

「僕は日本語を勉強しているんだ」

と言ってポケットから紙とペンを取り出し、漢字で「東京都」と書いてみせた。そんなことをきっかけに話がはずみ、私たちはすぐに打ち解けた。聞くと、彼は前立腺がんに取り組んでいるという。

「チャンスがあったら、前立腺がんについて教えてくれないか」

そう頼んでいたのが、「対がん十か年総合戦略」のおかげで実現したのである。

マイヤー博士は、私のために三週間に十数例の手術を用意して待っていてくれた。そのすべての手術に、私は助手として参加した。彼は手術ごとにお腹《なか》の切り方から縫合の細部などをさまざまに変えてくれた。前立腺を手前から取る術式、奥のほうから翻転して取る術式など、あらゆる前立腺全摘除術のバリエーションをやってみせてくれた。

砂地が水を吸い込むように、私の頭には手術の詳細が浸みこんでいった。ホテルに帰ると、ノートに図を描いて詳細な記録を残した。

そして最終日、最後の手術が終わったころには、夜が更《ふ》けていた。私たちは手術室で固い握手を交わした。

彼の心のこもった指導のおかげで、わずか三週間で、前立腺がんの手術についての私の知識はとてつもなく増えた。やり方も頭に入った。日本に前立腺がん患者が増えたとしても、これで大丈夫だと思った。

それから数年後、日本にＰＳＡ（Prostate Specific Antigen ＝前立腺特異抗原）という腫瘍《しゅよう》マーカー（がんを含め前立腺に異常があることの目安になる血中の物質の検査）が導入されると、前立腺がんを早期発見される患者さんが急増した。

その第一例となった患者さんは、手術のときにたまたまマイヤー博士が来日していため、彼に執刀してもらった。二例目からは、私がどんどん自分でやるようになった。

二〇〇二年、天皇陛下が前立腺がんにかかられ、全摘出手術を受けられたときには東大病院と国立がんセンターの合同チームで取り組んだ。それができたのも、このアメリカでの体験があってこそであった。

病気がちな妻

思う存分、仕事に打ち込んできた私にとって、ただひとつの気がかりは妻の健康だった。

一緒に山登りを楽しみ、海外旅行も大好きで元気にあちこちをまわっていたが、結婚前から病弱であった妻は、結婚後も決して丈夫とは言えなかった。

E病院で出会ったときに手の指が炎症を起していたのは、当時はリウマチだと思っていた。しかし、のちに難病に指定されている膠原病《こうげんびょう》の症状のひとつであることが判明した。

膠原病とは、細胞と細胞をつなぐ組織の中の、膠原線維という部分に病変が起きる病気である。関節や筋肉の痛み、炎症、免疫異常など、いくつもの症状があり、根本的な治療法は見つかっていない。

妻も節々の痛みに悩まされていた。それが原因か極端な寒がりで、冬はたいへん辛《つら》そうだった。

膠原病は、進行すると腎臓《じんぞう》の合併症を起こして腎不全になることもある。妻はそこまで重くはならなかったが、太陽の光に当たらないようにするなど、ふだんの生活にも気を遣いながら病気をコントロールしていた。ステロイド剤を中心にした対症療法に頼るしかないので、妻は亡《な》くなる少し前まで、何十年にわたってステロイド剤を服用していた。


次に彼女を襲ったのは、肺の腺がんだった。二〇〇〇年のことだった。

肺がんは、がん細胞の組織の型によって四つに分類される。まず、小細胞がんと非小細胞がんに大別され、非小細胞がんには、腺がん、扁平上皮《へんぺいじょうひ》がん、大細胞がんの三つがある。

妻のかかった腺がんは、日本人の肺がんで最もよく見られるもので、女性の肺がんの約七〇パーセントを占める。

腺がんと呼ばれるのは、胃液を出す胃腺のような腺組織に形がよく似ているからだ。肺の奥深く、気管支が細かく枝分かれした末端にできやすい。

妻の腺がんは、ごく小さいものだった。国立がんセンター病院で左肺の一部を切除し、すぐに元気を取り戻した。

私は、これまで何人もの患者さんにがんを告知してきた。たいていの人は、告知された瞬間、茫然《ぼうぜん》自失する。「死」の一文字が脳裏をよぎるのだろう。

しかし、数日のうちには本やインターネットで情報を集め、自分の病状を考え始める。そして三週間ほどたつと、がんと闘おうという前向きな気持ちに切り替わるケースが多い。

なかなか切り替えられない人のために、サイコオンコロジー（がん診療における精神の関わりを研究する学問）を学んだ専門家や、がん診療をよく知る精神科の医師、臨床心理士が手を差し伸べる例も増えている。

妻の場合は、専門家の私が大丈夫だと太鼓判を押したこともあって、ほとんど不安は感じていないようだった。

数年して、今度は声がかすれてきた。

CT（Computed Tomography ＝コンピューター断層撮影法。X線によって身体の断面像を画像化する検査）をとるとリンパ節が腫《は》れ、声帯を支配する神経に麻痺《まひ》が出ていることがわかった。甲状腺がんだった。すぐに、甲状腺の大部分とリンパ節を切除した。

がんの患者さんや家族が最も恐れるのは、再発だ。

がんが見つかり、手術や放射線治療、いわゆる「根治療法」を受けた後、少なくとも五年間は定期的に検査をしなくてはならない。目に見えないがん細胞が、根治療法した範囲外にあるかもしれないからだ。

がん細胞が再発したり、もしくはほかの臓器に飛び火していないか、血液検査や画像診断で追っていく。いったんは去った死の恐怖が、また近づいてくるかもしれない。患者さんや家族にとっては辛い時間だ。

「検査の結果を聞くときが、いちばん緊張する」

と、だれもが口を揃《そろ》える。

私の妻も二つのがんの経過をみるため、定期的に検査を受けていた。

そして三年後、また頸部《けいぶ》のリンパ節が腫れているのが見つかり、ふたたび切除した。前回のリンパ節郭清の範囲外に出た転移だった。幸いに、甲状腺がんは比較的おとなしいがんなので、二回の手術で一応は治まった。

二〇〇五年頃になると、歩くと右足が痛むと言い出した。血管狭窄《きょうさく》で、下肢の動脈が狭くなっていた。長く歩くと痛みが生じ、休むと消えていく。これまでの病歴からいっても手術をするのはよくないと判断され、血管拡張剤を飲み、それまで楽しんでいた登山も控え、無理をしないことで対応した。

これだけの病気に耐えるには、強い精神力が必要である。だが妻は、私も感心するほど朗らかに、いつも明るく、また勇気を持って病気をやりすごしてきた。

ところが、妻には、新たなる病魔がしのびよってきていたのだ。

第三章　妻の病

六ミリほどの小さな影

手でつまんでも、指先から滑り落ちてしまうほど小さなリンゴの種。ほぼ、それくらいの大きさであった。

二〇〇六年春、五・五×四・六ミリほどの影が、妻の右肺に見つかった。過去に肺の腺《せん》がん、甲状腺がんをしていた妻は、その経過観察のため、定期的に肺のCT検査を受けていた。そのCT検査にて、新たなものと思われる病巣《びょうそう》が指摘されたのだ。

こんな小さな影が、決して抜け出すことのできない出来事に私たちを巻き込んでいくとは、このときは想像もしていなかった。

CT画面上に映し出された影は、その小ささから、普通なら見過ごされていただろう。国立がんセンターで、肺診断の名手といわれている先生だから見つけられた陰影だった。

近年は、検査技術の進歩によって、こうしたごく小さな病巣も映し出されるようになったが、そこに新たな課題が生まれた。影があることがわかっても、それががんなのか、あるいはほかの病変なのか、診断がむずかしいのである。

針を刺して組織をとり、顕微鏡で調べる組織検査をしようにも、小さな組織はうまく採取できないことがある。また、仮に組織検査ができたとしても、それががんかどうか、判別できない場合も多い。

妻の肺の影も、異常であることは間違いないが、あまりに小さくて、それが何であるのかは判断がつかなかった。

そんなときにはどうするか。

原始的ではあるが、時間をおいて再検査し、病巣の変化を追っていくしかないのである。

がんに関連する遺伝子を調べて判断するという遺伝子診断の研究が進められているものの、一般の診療の場で使われるまでにはいたっていない。

さて、妻は三ヶ月後に再びＣＴ検査を受けた。

肺診断の先生は「わずかに増大したか？」と画像をにらみ、外科の先生は、「変わらない」との判断であった。引き続き、様子を見ていくことに決めた。

さらに二ヶ月後、三回目のＣＴ画像では、陰影は雪だるまのような形に変化していた。頭の部分が四ミリ、胴の部分が八ミリと、私の目にも明らかに大きくなっていた。組織検査はしなかったが、少しずつ増大していること、そして肺がんを患《わずら》った過去の病歴から、がんであると考えられた。

「いろいろな治療は必要だが、必ず治る」

私は妻にそう説明した。妻は二度のがん経験があるし、私への信頼もあったのだろう。新しいがんが見つかったと聞いても、動揺はしなかった。

ただ、私が気になったのは、右肺の中心部という病巣の位置だった。妻は、すでに左肺の切除手術を受けている。さらに肺を切除することになれば、呼吸機能に支障が出るかもしれない。

また、膠原病《こうげんびょう》で長年ステロイド剤を内服してきたという経緯から、肺の組織がきわめてもろくなっていることが考えられた。そうすると、切除後に縫い合わせる際にうまくいかない可能性がある。

そこで、妻の担当医となった肺内科のK先生、外科の二人の先生、放射線治療の先生が協議した結果、切除はしないで、千葉県柏《かしわ》市にある国立がんセンター東病院で「陽子線治療」を受けることになった。

陽子線治療とは、新しい放射線治療の一種である。

がん細胞に集中的に陽子線を照射して死滅させるので、まわりの正常な細胞の被曝《ひばく》を最小限にとどめられるのが特長だ。いま、日本で主におこなわれている放射線治療と比べ、特に身体の深部にある病巣に対して、集中的に放射線をあてられる。肺がん、肝がん、前立腺がんなどを対象に、研究的に治療が進められている。

また、陽子線治療は、日本ではまだ健康保険が適用されない先進医療である。だから、妻の場合も二十回で二八三万円と、高額な費用がかかった。

この治療を受けられる病院は、国立がんセンター東病院、筑《つく》波《ば》大学付属病院など、日本全国に七ヶ所ある。

二〇〇六年九月十九日から十月十七日まで、妻は一ヶ月ほど入院し、陽子線治療は無事終了した。体への負担も軽かった。治療効果の判定は、放射線性の肺臓炎が起こるので、約一ヶ月後にする。

その間には、私は出張で一週間ほどタイに行き、妻も同行させた。

タイから帰国後の十一月十三日、がんセンター中央病院でCT検査をした。その結果、肺の腫瘍《しゅよう》は見事に消失したという診断結果をK先生から聞かされた。陽子線の効果は抜群なのだと、私たちは天にも上る気持ちだった。

病院からの帰途、お祝いに銀座でおいしい寿司《すし》を食べ、その足でショッピングにも行って、妻が気に入った洋服を何着も買ってあげた。

ところが、喜びは長くは続かなかった。陽子線治療後も、定期的に経過観察を続けていた妻は、年が明けて〇七年二月にとったCT検査にて、右肺門部にリンパ節転移の疑いがある病巣が見つかったのだ。

K先生はこう言った。

「あんなに小さな肺がんで、しかも陽子線治療で完全に消えたものが再発するとしたら、これは小細胞がんしか考えられない。前回の腺がんとは違う、小細胞がんを強く疑います」

今後の化学療法の内容を決定するために、病理診断が必要ということだった。そこで、右肺門リンパ節のCT検査下の針生検が実施され、その結果、「肺小細胞がん」の転移であることが確認された。

つまり、十ケ月前に見つかった六ミリの影は、これまでに妻がかかった肺の腺がんの転移でもなく、甲状腺がんの転移でもなく、第三の新たながんの出現だったのである。それが、肺のリンパ節に転移していたのだ。

ここから、私たちの運命は下り坂を滑り落ちていくことになる。

小細胞がんとは、文字通り小型の細胞で構成されるがんである。ほかの肺がんに比べて発育が早く、転移しやすい。肺がん全体の二〇パーセントを占めるが、肺がんの中でも治りにくく、たいへん厄介ながんだ。

治療がむずかしい小細胞がんの転移と知って、私は内心ショックを受けた。おそらく妻もショックだっただろうが、彼女は動じることなく静かに受け止めていた。

だが、転移は一ヶ所である。まだまだ希望を失うことはない。

「大丈夫、化学療法と放射線治療で何とかなる」

妻を励ます言葉は、自分自身を励ます言葉でもあった。

三度目のがんである。検査や治療の日々がまた始まった。私ならビビッてしまうだろうが、妻は敢然と立ち向かった。

翌三月から六月まで、月に一度、短期入院して化学療法を受けた。

化学療法、すなわち抗がん剤による治療は、何種類かの薬を組み合わせて投与し、がん細胞の死滅を目指す。はかばかしい効果が得られなければ、また別の組み合わせを試みる。抗がん剤には必ず副作用があるから、患者さんの体力がもつかどうかを見極めながら薬を変えていく。

まずは、シスプラチンとエトポシドという二種類の抗がん剤を合計四回、点滴で注入した。肺の小細胞がんには、このシスプラチンとエトポシドの組み合わせが、第一の選択肢となる。

シスプラチンは、がんの化学療法に最も広く使われている薬だが、腎臓《じんぞう》に副作用が起こりやすい。K先生が、腎臓への負担を軽くするために、大量の点滴をして尿の量を増やし、腎臓を洗い流すのだと説明してくれた。

そうすると、どうしても点滴時間が長くなる。点滴は二の腕の静脈にしっかり針を刺し、抗がん剤が血管の外に漏れないようにしていた。しかし、回を重ねるに従ってだんだんと血管がつぶれていってしまい、四回目には針を刺すのがむずかしくなっていた。

これも今後のがん治療の重要な検討課題だろう。特に、近年は外来による通院抗がん剤治療も増えているので、血管を確保する方法、そして抗がん剤の漏れの予防法については、さらなる研究が必要である。

六月に化学療法を終えた妻は、六月、七月と、放射線治療を受けた。国立がんセンターの中央病院に戻り、放射線治療部の先生が新たに担当となった。

右肺門部の、リンパ節が存在する部分の体表にマジックで印をつけ、リニアックという装置で一回一〜二分間、放射線を照射する。その間、痛みや熱さは感じることはない。

合計二十回、総量四十グレイの放射線をかけた。毎日少しずつ照射するので、一ヶ月近くかかった。

放射線を浴びた部分は、治療後、放射線性肺臓炎といった炎症が起こるので、それが治まる三ヶ月後の十月に精密ＣＴ検査とＰＥＴ（Positron Emission Tomography＝糖にアイソトープが付いた薬を静脈注射し、がんを描出する方法）検査をおこない、最終的な治療の評価をすることになった。

こうして、五ヶ月に及ぶ治療が終わった。

このとき、私たちに不安はなかった。何の根拠もなかったが、何となくよい結果が出るような気がしていた。

季節は、いつのまにか春を通り越し、夏が訪れていた。夏休みを前に、気分が高揚していたせいもあるかもしれない。

「転移といっても単発なんだから大丈夫」

妻も私も心からそう信じていた。

虫の知らせ

私はずっと無宗教で生きてきたし、超自然現象に興味を持ったこともない。第六感とか、虫の知らせといったものも感じたことがなかった。

しかし、妻が、肺の小細胞がんを患ってから、そうした感覚が急に身近に感じられるようになった。「あとから考えればあれが……」と、思い当たるものがいくつもある。

最初は、陽子線治療が終わった後に行った、出張先のタイでのことだった。

六ミリの影が見つかってからも、活動的な妻は家にじっとしてはいなかった。いたって元気だったため、治療や検査の合間に、海外旅行にも出かけていた。

タイでは、バンコクでのアジアがん会議への参加と、タイ北部の都市、チェンマイでの講演を予定していた。

バンコクにあるがんセンターの医師や看護師には、その一年前に国立がんセンター中央病院に研修に来ていた人が何人もおり、妻とも顔見知りであった。私たちは大変な歓待を受け、妻は私が会議に出席している間も彼らと遊びまわっていた。

会議が終わり、次にチェンマイを訪れると、ちょうど日本のお盆のような大きなお祭りが行われていた。

日が落ちるころ、紙でできた直径数十センチの円筒形のランタンを手に、人々が続々と広場に集まってくる。ランタンの中には小さな固形燃料がついていて、手を外すと熱気球のように空に上がっていく仕組みになっていた。願い事を唱《とな》えながら、ランタンを空に飛ばすのである。

私たち二人も現地の医師たちと、この行事に参加した。みんなでわいわいと準備をし、ランタンを空に放った。私はもちろん、妻の健康を祈った。

そのとき、妙な寂しさが私の心を覆《おお》った。人でごった返すにぎやかな広場を、冷たい風が吹きぬけたような気がしたのである。

墨を流したような漆黒の夜空に無数のランタンがオレンジ色にまたたき、高く高く上っていく。ほおにひやりとした空気を感じながら、私は自分が手放したランタンを見失わないように、いつまでもいつまでも目で追っていた。

夏休みはもう三十年以上、奥日光に一週間ほど滞在するのが恒例となっている。私たちの奥日光ライフのことを少し記しておこう。

初めて奥日光に行ったのは一九七〇年の秋だったと思う。結婚して間もない頃だった。山々が赤や黄色に染まる錦繡《きんしゅう》に見とれ、それから毎年訪れるようになった。

定宿となった中禅寺湖畔のホテルでは、従業員ともすっかり顔なじみである。ある夏、岸に上げてあった真っ赤なカナディアンカヌーが目にとまり、ホテルの人に頼んで乗せてもらった。

パドルを水に入れてひとかきすると、カヌーは鏡のような湖面を音もなくすべり出す。私たちはたちまちその浮遊感のとりこになった。

湖上に出ると、自分たちのパドルがたてるわずかな水音のほかは、人工的な音が一切しない。かわりに鳥のさえずりがやさしく耳に響いてくる。水の上から眺めると、見慣れているはずの湖畔の景色が新鮮に映った。そのどれもが、ほかでは味わえない格別な感覚だった。

翌年、私たちは東京のアウトドア用品店で十五万円のオープンデッキ・カヌーを購入した。自宅に届けてもらったのはいいが、想像以上に大きい。

「これはお宅には入りませんよ」

配達の男性は二人とも首を横にふる。

「入りますぅ」

妻は必死である。

「ここ、ここ。ここを通して入れてください！」

門柱の脇《わき》のツツジの枝をぐっと手で押し分けてすき間を作り、配達員を誘導する。やっとのことで我が家の狭い庭に運び入れてもらった。ようやく納まったその姿は、まるで砂浜に打ち上げられた鯨のようであった。

カヌーを購入してからは、ホテルの庭の片隅に置かせてもらい、年に何度も奥日光に向かった。

朝早く起きて五時から九時ごろまで中禅寺湖でカヌーをこぎ、気温が上昇し山からの風が吹き出す前に、ホテルに戻って朝食をとる。一休みしたあと、お弁当を作ってもらい、ハイキングや登山に出かける。

シジュウカラ、アカハラ、コマドリなどの野鳥の声に耳をすまし、ホサキシモツケ、ヤナギラン、ニッコウアザミといった野草を観察しながら湿地の木道を歩く。夕方、近くの温泉で汗を流してからホテルに帰る。そして、おいしい夕食をとって早めに休む。

まるで合宿のようなスケジュールを数日間、ひたすらくり返して、仕事で疲れた心を開放させるのである。

とは言っても、カヌーで湖の真ん中に浮かんでいるときに、携帯電話に仕事の緊急連絡が入り、あわてて岸までこいで東京に向かったこともあった。

しかし、用件が済むと、また奥日光にとんぼ返りした。自然の中で過ごす日々は私たちにとって、それほど居心地のよいものになっていたのだ。

ある年には、思い切って二人で奥白根山と男体山の登山に挑戦した。

妻は肺の手術をしたこともあって上り坂に弱い。標高二四八六メートルの男体山を登り始めると、途端に呼吸が荒くなり、不整脈まで出てきた。

「どこで引き返そうか」

私は気をもんだ。しかし、妻は途中であきらめるのを極端に嫌う。

「危ないから、もう引き返そう」

というと、発奮して登るのである。

このときも、甘いものや水分をとって休憩しているうちに不整脈は収まってきた。

私は撤退した場合に妻が受けるであろう精神的な打撃と、登り続けるリスクを考えて、ずいぶん迷った。少し経《た》つと不整脈も完全におさまったので、先に進むことにした。

十メートル登っては休み、また十メートル歩いてはひと息入れる。何とか九合目までくると、ようやくなだらかな道に出た。結局、登山口から四時間半もかかって男体山の頂上を踏んだ。その眺めはすばらしかった。中禅寺湖、湯ノ湖、西ノ湖、戦場ヶ原、小田代《おだしろ》ヶ原《はら》……、ホテルの赤い屋根もくっきりと見える。ホテルで作ってもらったサンドイッチのおいしかったこと!

私は妻の頑張りに敬意を表し、帰ってから「よく頑張りました」という内容の表彰状をワープロで作り、妻に進呈した。

治療の結果を待っていたこの年の夏も、私たちは奥日光でカヌーとハイキングを楽しんだ。大事をとって登山は控え、強い日差しも避けて、例年よりだいぶ大人しい夏休みとなった。それでも十分にリラックスした一週間を過ごすことができた。

しかし、奥日光での滞在の最終日。私はまたも虫の知らせを感じたのである。静かな湖畔の芝生に座り雑談していたとき、私は、何とも形容しがたい肌寒さ、寂しさを覚えたのだ。この寂しさは何だろうか、と訝《いぶか》しく思ったことを鮮明に記憶している。

九月中旬には、北海道の十勝川で、悪天候のなか、ガイドさんとともに一泊二日のカヌー下りをした。妻はいつもと変わらず元気に写真を撮っていた。

その帰り道、帯広駅のホームでのことである。雨の中でカヌーをこいだ前日とはうってかわって、雲ひとつない快晴だった。

「この天気が一日ずれてくれたらよかったのに」

私は少々うらめしい気持ちで空を見上げていた。そして、ふとベンチに座って列車を待っている妻に目をやると、どこかしょぼんとしている。

それは生気がみなぎり、内側からエネルギーが吹き出しているいつもの妻ではなかった。朝の光が差し込むホームの上で、あろうことか、妻のまわりにだけ薄黒い影が立ち込めているような錯覚にとらわれた。

「何だ、これは……」

私がその真の意味を知るのは、帰京してまもなくのことであった。

最期《さいご》の医療

北海道から戻って半月ほどたった十月十日、妻は国立がんセンター中央病院で検査を受けた。七月までの化学療法と放射線治療の結果を評価するためである。

その夜、担当のK先生が暗い顔をしてセンター内の私の部屋にやってきて言った。

「再々発したようなんです」

妻の肝機能は悪化し、腫瘍《しゅよう》マーカーは上昇しているという。

翌十一日には、MRI（Magnetic Resonance Imaging＝強い磁場の中に置いた人体の水分の分布状態を画像化して病変を検出する方法）をとった。その結果、多発性脳転移の疑いがあることがわかった。翌十二日にはPET検査をおこない、多発性脳転移、肝転移、肺転移、副腎転移が確認された。

結果を見た私は、奈落《ならく》の底に突き落とされた。

「ああ、ダメだ。これはもうどうにもならんな」

妻のがんは治るどころか、全身に転移していたのである。

治療の成功を信じ、希望を持ち続けてきた私には、予想外の厳しい結果だった。帯広駅のホームで妻にまとわりついていた影はこれだったのか――。私はこのとき初めて、妻の死を明確に意識した。

検査の結果は、K先生から妻に説明があり、私からも率直に告げた。

妻は意外なほど冷静だった。ここに至るまでの検査の様子から、うすうす感づいていたのだろうか。さすがに表情は硬かったが、目に涙はなかった。ひどく落ち込む様子もなかった。

妻は、自他ともに認める話好きである。そして回りくどい話を好まず、何に対してもズバッと論理的な説明を求めてくる。

そんな妻の性格を考えると、今の自分の状態はどうなのか、治療法にはどんな選択肢があるのか、今後の見通しは……と、論理的な説明を直截《ちょくせつ》に求めてくるはずだ。

ところが、この小細胞がんについては、妻は一切、何も口にしなかった。それが私にとって、どんなにありがたかったことか。何か聞かれても、妻が納得できるような答えを冷静に返せたかどうか、私はいまだに自信がない。

妻は近づいてくる死の足音を聞いていたのだと思う。私はそれでも化学療法にかすかな望みをつないでいたが、彼女は自分の運命を静かに受け入れようとしていたのではないか。厳しい現実を前にしても、妻は自暴自棄になることも、取り乱すこともなかった。

再々発の結果を受け、すぐに入院することになった。病院には入ったが、最初のうちは、妻は今まで通り元気な様子だった。

四日目には外泊し、来日していたアメリカのメーヨー・クリニックのマイヤー博士夫妻とホテルで夕食をとった。マイヤー博士は、前章で記した、私に前立腺《ぜんりつせん》がんの手術を指導してくれた医師だ。二十五年来、家族ぐるみでお付き合いしている。

食事の席で、妻の病気のことは話さなかった。事実を伝えても、彼らを悲しませるだけだからだ。私は、おそらくこれが妻と彼らとの最後の食事になるだろうという思いを抑え、いつものように振舞った。

会話も弾み楽しいディナーとなったが、親しいだけにマイヤー夫妻は何か感づいていたのだろう。ときおり腑《ふ》に落ちないような表情を浮かべていたのを思い出す。

その夜、何日かぶりに自宅に帰った妻は、食事の前に買ったグレーのスーツを着て鏡の前でポーズをとり、非常にご満悦だった。スーツにあう帽子、靴、バッグまでそろえて、いつものようにファッションショーに熱中している。そのスーツは、素晴らしくよく似合っていたが、

「うれしそうにしているが、実は死装束を決めているのではないか」

私はそう思わずにはいられなかった。

妻は久しぶりに自分のベッドで気持ちよさそうに休んだ。

翌日、病院に戻ると、新たな化学療法が始まった。

まず週に一度、抗がん剤イリノテカンを点滴で注入した。

最初の投与から数日後。何ということだろう、腫瘍マーカーや他の異常検査値が、一斉に低下したのである。

これは、効果が期待できる。K先生も私も興奮した。

この日は、もうひとつ明るいニュースがあった。妻は少し前から、腰から胸にかけて背骨のあたりが痛むと訴えていた。がんが骨に転移したのではないかと心配していたが、MRIで調べた結果、長年ステロイドを飲んでいたために起きた骨粗鬆症《こつそしょうしょう》とわかった。骨に転移すると、激しい痛みに襲われるため、一安心した。

しかし、その喜びも長くは続かなかった。イリノテカンの二回目の投与は、まったく効果がみられなかった。十一月二十二日まで四回にわたって試みたが、逆に腫瘍マーカーの数値は跳ね上がっていたのである。

それどころか、白血球の減少による骨髄機能の低下、腹痛、下痢と、副作用ばかりが激しく出てくる。もはやこれ以上、イリノテカンの投与を続けることは無意味と思われた。

残る化学療法は、アムルビシンという抗がん剤である。

本当のところ、妻はもう抗がん剤の効果を信じていなかったのではないかと思う。

やはり、全身への転移を知った時点で、妻は自分の命をあきらめていたように思えてならない。

それにもかかわらず化学療法を受け、激しい副作用に耐えたのは、結局は私のためだったのではないだろうか。何とか妻の命を救いたいと必死になっている私の期待に、全身で応《こた》えようとしてくれていたのだろう。

このときの妻の心の内を思うと、今でも胸が苦しくなる。と同時に、確実な効果が得られない現在の化学療法の不完全さに、暗然たる思いがするのだ。

最後の頼みの綱だったアムルビシンの薬効は、ほとんど認められなかった。がん細胞の増殖をくい止める手立ては、もうなかった。

化学療法や放射線治療を試みても効果が上がらない場合、担当医は、がんとの闘いから、残された時間をより豊かに生きるための緩和医療に目的を切り替えていく。キュアからケアへの転換である。

といっても、ある日を境にスパッと切り替えるわけではなく、患者さんや家族と話し合いながら、徐々に移行していく。

残された道は緩和医療しかないというのは、患者さんやその家族にとっては死の宣告を受けるに等しいことだ。だから、移行法やどのように告知していくかについては、医師と患者の信頼関係が問われる場面だ。

緩和医療については、大分意味あいが変わってきている。かつては、「もはや何もできない」段階のことを指していたが、近年は違う。

痛み、呼吸困難、嘔吐《おうと》、お腹《なか》の張り、下痢、便秘、食欲不振など、さまざまな症状を和らげるための専門的な手法があり、それを駆使して、患者さんの苦痛をできるだけ減らしていく重要な治療である。

平均して三週間から一ヶ月、緩和医療を受けながら終末期の病態を経て患者さんは亡《な》くなることが多い。

治らないがん

がんの大半は、早期に見つかれば、完全に治すことができる。

早期であれば、内視鏡手術で切除するなど、身体《からだ》への負担も軽く済ませられることが多い。だからこそ、たとえ自覚症状がなくても、自分は大丈夫だと思っていても、がん検診を受けることが大事なのである。しかし残念なことに、健康に生活している人には、その必要性がなかなか伝わっていない。

私自身も、十年ほど前に大腸がんを患《わずら》っている。当時は国立がんセンターの総長という立場であった。総長が早期発見できるがんで死ぬわけにいかないので、年に一度、検診を受けていた結果、見つかったのである。

検査では、便の潜血反応が陽性になった。また、大腸内視鏡検査でポリープが発見され、そのまま三つを切除した。そのうち一個に大腸がんがあったが、早期であったので、一日も仕事を休まずに治すことができた。やはり、早期発見に越したことはないのである。

ただ、妻のように早期に発見したにもかかわらず、命を救うことができないケースもある。胃がんや大腸がんのほとんどは早期発見で治すことができるが、肺小細胞がんやスキルス胃がん、膵《すい》がんの多くは、現代の医学では治癒が難しいというのが実状だ。

発見が遅れて、がんが大きくなってしまっていたのなら、諦《あきら》めがついたかもしれない。だが、妻の場合は、定期的に検査を受け、ごく初期のりんごの種ほどの小さな影から経過を観察していたのに、助けてやれないのである。

それが、何よりも悔しい。

過去二回のがんでは、妻は医師である私にこう聞いてきた。

「あなたが治してくれるんでしょう？」

今回は違っていた。早期発見してもダメだったということを、妻はよく分かっていたのだ。

私自身、がんに負けたという無力感は大きかった。けれども、悔いはない。できることはすべてやった、という思いがある。妻が助からなかったのは、現代医学の限界だったと考えざるを得ないのだ。そして、この限界を破るのは、基礎研究なのである。

最期の日々

妻の病状は、まるでつるべ落としのように悪化していった。

十二月に入ると、身体の背面と下肢の浮腫《ふしゅ》が強くなり、起き上がることができなくなった。時は、いよいよ死に向かって刻み始めているように思えた。

医師の立場で見ると、近い将来、妻に死が訪れることは疑う余地がなかった。曲がりなりにもその現実を受け止めた妻と私には、濃密で、ある種の穏やかさを伴った日々が訪れた。そのことを書いておきたい。

私は国立がんセンターを定年退職したあとも、名誉総長として、毎日がんセンターに通っていた。私の職場と妻のいる病棟は同じセンター内にあるから、朝、昼、晩と、しょっちゅう往復して、病室に顔を出した。

朝は八時ごろに朝刊と果物など、その時々においしそうな軽い食べものを持っていく。

「眠れたか？　痛くないか？」

窓のスクリーンを開け、義歯をつけてやり、朝食の世話をする。そのあと私は外の会議などに出かけ、また戻ってきて昼食をいっしょにとる。

妻が食べきれなかった病院の食事を、私が平らげることもあった。妻は口内炎ができたり、食欲がなかったりして病院食を食べられないこともあったので、そんなときは、銀座のデパートや専門店を歩きまわり、何とか食べられそうなものを探し求めた。

そうでなくても、入院が長くなると、病院の食事だけでは飽き足らなくなるものだ。私はよく二人で行ったお寿司《すし》屋さんに頼んで、握りを折詰にしてもらった。弟の妻が、北陸の越前ガニをゆでて持ってきてくれたこともあった。毎年、家に届けてくれていたのだが、今年は病室で食べることになった。

家内はベッドに起き上がり、夢中になってカニの身をほぐしている。こうした細々とした手先の作業が、妻は大好きだった。紅白の身が山になると、得意そうに私に見せてから、パクリと一気に口に運んでいた。

うまいものがあれば、酒がほしくなる。それは妻も同じだった。量は少しでいい。私は上等の吟醸酒の四合瓶を病室に持ち込んだ。つまみを前に、差しつ差されつ……。二人で飲む酒の味は格別だった。

もちろん、病室は禁酒である。空き瓶をゴミ箱に捨てると、

「こんなところに出してはダメですよ」

と、職員にささやかれた。ある日、廊下の新しい張り紙が目に入った。

「病室ではお酒を飲まないでください」

大学の空手部時代から、酒では失敗してばかりである。


さて、入院してあらためて知ったのは、妻の精神力の強さだった。

抗がん剤のアムルビシンを投与中、妻は副作用の口内炎と食道炎にひどく悩まされた。水を飲むのさえ苦しそうで、やっとのことで流動食を喉《のど》に押し込んでいた。しかし、そんな状態でも、ただの一回も文句や愚痴をこぼさなかった。

また、がんの終末期というのに、不安や絶望から嘆いたり、人に当たったりすることもなく落ち着いていた。医師や看護師、私に対する態度もいままでとまったく変わ

らなかった。多くのがん患者に接してきた私から見ても、その精神力は見上げたものだった。

ただ、いちどだけ、妻に泣かれたことがある。

入院してしばらくは、まだ元気で外泊ができたので、週末は自宅に帰って二人で過ごしていた。だんだんと病状が悪化して背中や脚に浮腫が生ずると、病院のベッドから動けなくなり、外出も難しくなった。

ある晩のことだった。帰宅した私に、妻が病院から電話をかけてきた。

「家のこまごましたことを片付けたいのに……」

受話器の向こうで、肩を落とし、涙をためているのがわかった。

「もう外泊できないのね」

私は胸がつまってしまい、何も答えられなかった。辛《つら》い時間だった。

妻が泣いたのは、後にも先にもこの一回きりである。あとは一切、弱音をはかなかった。付添者として、医師として、これほどありがたいことはない。彼女のほうが、私を気遣ってくれていたのだと思う。

妻のように外出のできない末期の患者さんにとって、病室は自分の世界のすべてであり、そこで生涯を終えるかもしれない大切な場所である。妻の病室は高層階にあり、窓からの見晴らしがよかった。

眼下には東京湾が広がっている。逆光を受けてキラキラ光る水面を運搬船が横切り、その向こうにレインボーブリッジが白く輝いていた。夕暮れになると、赤い提灯《ちょうちん》をゆらゆら揺らして屋形船が繰り出してくる。絵を描くのが好きな妻は、ときどき窓からの風景をスケッチしていた。

晴れた夜には、東京湾の対岸にディズニーランドの花火が見えた。スルスルと上がった花火は勢いよくはじけ、夜空にしみこんでいく。秋の夜長、二人で窓辺に並んで飽きもせず眺めたものだった。

「私がいなくなったら、寂しくなるわよ」

窓の外を見ながら、妻がふいにそんなことを言って、私を絶句させたことがある。

世の中は、われわれ二人の苦悩などおかまいなしに動き続けていた。羽田空港では飛行機が次々に発着しており、東京湾を貨物船が行き交い、汐留《しおどめ》の高層ビル群にはあわただしく移動する人たちが吸い込まれていく。

私たちのいる病室とは、まったく異質の時間が流れていた。まるで、作りもののジオラマをガラス越しにのぞいているようだった。

病室では妻に少しでも明るい気分で過ごしてもらおうと気を張っていたが、病院から一歩外に出た途端、動き続けている世界に一人でいることになるのだという言い知れない孤独感に襲われた。

師走《しわす》を迎え、買い物客でにぎわう銀座通りを一人歩く。まわりの人はみな幸福そうに見えた。私のように、心の中に嵐《あらし》が渦巻いている人もいるというのに……。雑踏の中に身を置くと、自分のまわりにだけ冷たい風がまとわりついているような気がした。

そんなとき、よく立ち寄ったのが病院の近くにある帝国ホテルだ。その地下には靴磨きコーナーがある。ほんの十分程度ではあるが、ベテランの職人さんの手際《てぎわ》のいい仕事ぶりを見ながら、たわいのない会話を交わすと心がなごんだ。

革靴は見違えるようなツヤを取り戻し、そうすると、私の心も元気を取り戻すような気がした。明日からまたがんばろうと、新たな気持ちで家路につくことができた。今でもときどき、ふらっと立ち寄っては磨いてもらっている。

がんに蝕《むしば》まれていく妻をかたわらで見ている苦しさは、言葉にしがたいものがあった。だがそれでも、私は一分でも一秒でも長く、時間の許す限り妻の病室へ通った。私たちには子供がいないから、妻には私だけが頼りである。私はできる限りのことをしようと心に決めていた。何より、私はほんの些細《ささい》なことでも、妻のために何かできることがうれしかった。

妻がまだ外泊ができたころは、週末に帰宅する妻を迎える準備をするのが楽しみだった。前日にスーパーで食料を買い込み、布団《ふとん》を干しておく。

「家の布団で寝ると、気持ちがいいわね」

秋の日を浴びてふんわり温まった布団に指をすべらせて妻は言った。そんなとき、私は誰にほめられたときよりも誇らしい気分になるのだった。

せっかく週末だけ家に戻ってくるのだから、ゆっくりしてほしい。だが、そんな私の願いはなかなか叶《かな》わなかった。まるで時間を惜しむかのように、妻は引き出しの整理を始めるのである。病院で家のことをあれこれ考え、気になっていたのだろう。

いっしょに引き出しを開けてみると、あるわ、あるわ。シャツ、靴下からダマールというフランスの暖かい下着まで、衣類が山のように出てきた。ものが足りない時代に育っているからだろうか、すべて彼女が二人のために買い置きしていたものである。

今思えば、妻は、私が一人になったときに困らないように、一緒に整理をすることで、家のどこに何があるかを教えようとしていたのかもしれない。

病室でも、私が出来ることはなんでもした。仕事はたくさんあり、なかなか忙しい。下着の洗濯、抗がん剤の影響で枕《まくら》に抜け落ちた髪の毛の掃除、食事のあとの口腔《こうくう》ケア……。

床ずれの予防も大事な仕事だ。腰のあたりを中心に、妻が愛用していた二種類のクリームを何度も塗ってあげた。私の手までスベスベになるので、女性はいいものを使っているのだなと感心した。

また、妻の衣類や下着を洗濯するようになって感じたことだが、服にしてもタオルにしても、非常に軽くて肌触りのよいものを選んでいた。気持ちのよさを求める探究心は、女性のほうが断然上だと思う。男は得てして無頓着《むとんちゃく》である。

背中のむくみがひどくなってからは、一日に何度もマッサージをしてあげた。

「あなたがそんなにやってくれるなら、私も頑張らないと」

そう言って妻が明るい顔を見せてくれると、帰宅する私の足取りも軽くなった。

十二月に入ってベッドに寝たきりになると、排泄《はいせつ》の介助が必要になった。長年のステロイド投与から起きた骨粗鬆症《こつそしょうしょう》の痛みを和らげる薬の影響で、妻はかなり頑固な便秘になっていた。毎日の排便はひと仕事だ。もちろん、看護師を呼べば手伝ってくれる。だが妻は、特に大の方は、私がいるときは必ず私に世話をさせた。

「あなた下手ねえ」

「俺の専門は泌尿器科《ひにょうき》だから、小のほうをとるのはお手のものだが、これでは屎尿器《しにょうき》科医じゃないか」

まるで落語のようなやり取りを重ねながらも、毎日続けているうちに、私はメキメキと腕を上げていった。

「排泄は人間の尊厳に深くかかわる」という。妻から信頼されている、頼られているという感覚は、静かに心を満たしてくれた。

振り返れば、病院で妻と過ごした一日一日は、私の人生の中で最も充実した、密度の濃い時間だったように思う。死という代償はあまりにも大きかったが、妻と私が分かち合った最後の輝ける日々だった。

家で死にたい

妻が入院している国立がんセンター中央病院は、十二月二十八日から年末年始の休みに入ることになっていた。もちろん入院している患者さんもいるが、外泊できる人は、一時病棟を離れて家族と共に家路につく。おせち料理に舌鼓《したつづみ》を打ち、しばし浮世の空気を楽しむのである。

妻も、年末年始は何としても家に帰りたいと、しきりに訴えていた。それは取りも直さず、「家で最期《さいご》を迎えたい」という切なる願いではないかと私は思った。自分の命がまもなく燃え尽きようとしていることを、妻はよくわかっていた。

終末期の在宅看護となると、準備が大変だ。先にも記したが、私は妻の希望を叶えるために、派遣看護師や介護士、在宅用の医療機器、医薬品、酸素などの手配を早くから進め、対応できるようにした。だが結局、派遣看護師については、新しい人が自宅に居ると気兼ねして落ち着かないからと、急遽《きゅうきょ》、派遣をキャンセルすることにした。従って、私がその替わりを務めなくてはならない。痛み止めや栄養剤の点滴、自動注入ポンプの取り扱いなど、すべて私がやれるように、病棟看護師から特訓を受けた。二リットルの点滴バッグには、利尿剤や強心剤、ビタミン剤などの各種薬剤をその都度混ぜて準備するのだ。

外泊の日程は、十二月二十八日から一月六日までとなった。

待ちに待った十二月二十八日がやってきた。

浮腫《ふしゅ》で体が重くなっていたので、介護士にお願いして車椅子《くるまいす》に移し、ハイヤーに乗せた。妻は酸素を吸入しながら、大量の医薬品、医療機器とともに、二ヶ月ぶりに杉並の我が家に帰ってきた。

自分の家に帰るということは、そんなにも嬉《うれ》しいものなのだろうか。自宅に着いた妻の目には、はっきりと生気がよみがえっていた。

病院ではベッド上で身を起こすことも困難になっていた妻が、喜んでコタツに座り、テレビを眺めて穏やかな笑みを浮かべている。家具から食器にいたるまで、慣れ親しんだものに囲まれて、安心しきっているようだった。

しかし、その翌日から、つるべ落としのように妻の容態が悪くなっていったのは、先に詳しく記した通りだ。私にはもう、どうすることも出来なかった。

そして、帰宅から四日目。大晦日《おおみそか》の日に、妻の寿命は尽きてしまった。

私は泣いた。声を上げ、とめどなく流れる涙を拭《ぬぐ》おうともしなかった。

しばらくしてK先生が家に到着した。正式な死亡診断をしてくれた。もう涙はこぼれなかった。先生が隣室で死亡診断書を書いている間に、いつも家事の手伝いを頼んでいる近所のSさんに電話し、来ていただくことにした。

ぼう然としている暇はなかった。二時間ほどで死後硬直が始まる。その前にやるべきことがたくさんあった。

まず義歯を口に入れる。そして薬を注入していた中心静脈のカテーテルを体から抜き、その跡から血がしみ出てこないように脱脂綿で押さえた。

次に全身をきれいに拭《ふ》き清め、着替えさせる。選んでおいた服は、マイヤー博士夫妻と食事をした日に買ったお気に入りのスーツである。私はハンドバッグと靴、コートもそれに合わせて用意しておいた。

それから、Sさんに薄化粧をしてもらった。化学療法の副作用で髪の毛がずいぶん抜けたのに、背中には浮腫がいっぱいできているのに、神々《こうごう》しく美しい妻に戻った。

それはいかにも、おしゃれに気を遣う妻らしかった。

「よかったな」

私は心の底から安堵《あんど》した。

「くれぐれも私の葬儀はしないでちょうだいね」

妻は生前、ことあるごとにこう言っていた。

なぜなら、夫の社会的立場によって、先に逝《い》った妻の葬儀がやたらと盛大に行われる例をいくつも見てきたからである。

自分とは面識がないのに、夫の仕事上の知人というだけで葬儀に参列してもらうのは申し訳ないと、妻は嫌がった。また何よりも、私に煩《わずら》わしい思いをさせたくなかったのだろう。それに私たちは、何度も書いているように、とくに決まった宗教を持っていなかった。

葬儀社の手配はがんセンターの庶務課長がしてくれた。私は職場では妻の病気のことは黙っていたが、立場上、彼は一連の経緯を知っていた。もし今回の外泊中に妻が亡《な》くなった場合はどうすればいいかということも事前に相談していた。

三十一日の夜になって葬儀社の方が来て、事務的な手続きを済ませた。お棺や骨壺《こつつぼ》は価格によってランクがあり、カタログから選ぶようになっている。どれも、シンプルなものを選んだ。正月三ヶ日は葬儀場が休みなので、火葬は翌年一月四日に決まった。

すべてが片付き、家には私一人が残された。

気が付くと、今年ももう終わろうとしていた。この数時間に起きたことは、果たして現実だったのだろうか。

再びしんと静まりかえった家の中で、私はあらためて妻の死に顔を眺めた。再び涙があふれ出し、今度はいつになっても止まることがなかった。

私は一人で妻を看取《みと》り、一人で送ろうと決心していた。しかし、この決断は、後に親戚《しんせき》からいろいろと非難されるところとなった。

たった一人の正月

人の生き死には、暦に関係なく巡ってくる。

一夜明けて元旦《がんたん》、葬儀社からお棺が届き、妻の遺体を収めた。愛用のコート、帽子、バッグ、靴も入れた。

私はふと思いついて庭に出た。冬空の下、妻が丹精していた山茶花《さざんか》が、真っ赤な花を咲かせている。その一枝を切って妻の胸ポケットに差すと、顔が華やいだ。表情まで明るくなったように思えた。

葬儀社の人が去ると、私はまた一人になった。

三ヶ日は、ひたすら棺の中の妻の顔を眺めて過ごした。だれにも連絡せず、会おうともしなかった。この苦しみに一人で耐える覚悟だった。

私は完全にうつ状態になっていた。食欲はまるでない。例年と同じく、知人の日本料理店に頼み準備してあったおせち料理に無理に箸《はし》をつけても、まるで味がしない。「砂を嚙《か》む」とはよく言ったものである。大好きな酒も、少しもうまいと思わなかった。

毎年楽しみにしていた箱根駅伝も見る気になれなかった。夜は睡眠剤を飲まないと眠れない。体重は三日間で三キロ落ちた。

一月四日、葬儀社から二人、遺体を火葬場へ運ぶためにやってきた。私は一人で火葬場で見送ろうと考えていたが、弟夫婦がたまたま聞きつけ、どうしてもといって見送りに加わってくれた。

火葬を待つ間、葬儀場の広い部屋に三人きりで、ぽつりぽつりと言葉を交わす。遺骨も三人で拾った。

遺骨を自宅に置いてから、私は国立がんセンターに向かった。外泊中に使わなかった医療器具や医薬品を病院に返却し、秘書に手伝ってもらって妻の病室を片付け、退院手続きをすませた。

これで、妻の死にともなって行うべきことは終了した。

私が国立がんセンターの総長を定年退職したのが二〇〇七年の三月。妻が亡くなったのは、その年の大晦日だ。

医師になって四十年あまり、私はずっと忙しく働いてきた。朝から晩まで手術に追われた年もあれば、時間を忘れて研究に没頭した時期もある。

朝は七時にオフィスに入り、始業前に、新着の論文を毎日一編ずつ、精読すること にしていた。一年でだいたい三百編になる。この方法で、私は専門の泌尿器科以外の がん全般についても勉強してきた。

総長になってからも、なるべくセンター内に長くいて、組織の隅々に目を配るよう に心がけた。当然、帰宅は遅くなりがちだった。

どんなに早く出ても、遅く帰ってきても、妻はいやな顔ひとつしなかった。いつも、 そばで支えてくれた。

ようやくこれから、妻に楽をさせられると思っていたのに。二人で過ごす時間を増 やし、妻と旅行や登山を楽しもうと思っていたのに……人生とは皮肉なものである。

しかし、逆に考えることもできる。私が現役を退いていたから、妻の限りある時間 を一緒に過ごすことができたのだ。

公務はまだたくさん抱えていたが、以前に比べたら時間に余裕ができた。国立がん センターという巨大な組織を担《にな》ってきた重圧がなくなり、精神的にも楽になっていた。

だからこそ、ほとんど毎日、これ以上できないほど妻の世話をすることができたの である。その点において、心残りはまったくない。

そう考えると、がんが再々発したタイミングすら、妻の心遣いであったのかもしれないと思うのである。

こうして、六ミリ程度のがんが見つかってから入院し、亡くなるまで、二人三脚で走り続けた日々が終わった。新しい年の訪れとともに、私は一人で生きていくことになった。

このとき、私は長く暗いトンネルの入口に足を踏み入れたばかりだった。これから先、塗炭の苦しみを味わうことになるとは、この時点では、まだ気が付いていなかった。

第四章　妻との対話

酒浸りの日々

医者の不養生と言われても仕方がない。妻を亡《な》くした私の支えになったのは酒だった。

もともと酒には目がなかった。居間の棚にはワイン、ウィスキー、日本酒、焼酎《しょうちゅう》などが大量に備蓄されている。私が買いためたものだ。

「お酒のことになると、どうしてそんなにいそいそとするのかしら」

妻によく言われたものである。

しかし、うつ状態になっていた私には、この酒がちっともうまくなかった。というより味がしない。ただ辛《つら》い気分を麻痺《まひ》させるために杯を重ねた。

ビールはアルコール度数が低すぎて、効率が悪い。もっぱら、ワインや日本酒、さらにウィスキーといった濃い酒をあおった。つまみは、買ってきたハムを厚切りにしてあぶったり、モヤシをバター炒《いた》めにしたり。どちらも妻がいる頃から、自分でよく作っていたメニューだ。

グラスは、必ず妻の分も用意した。妻がいつも座っていた私の向かいの席に置き、ちょっと注いでやってから飲み始める。最後はそれも私が空にするのだが……。

酔えば酔うほど、妻のことが頭に浮かんでくる。

いや、妻のことしか浮かんでこなかった。陰陰滅滅とした酒はよくないとわかっていても、やめられなかった。毎晩、一人で相当な量を飲んだ。肝臓を壊さなかったのが不思議なくらいである。

妻が亡くなった大晦日《おおみそか》から、一週間、二週間と経《た》っても、私の精神状態はいっこうによくならなかった。

朝起きて、新聞を開いても読む気がしない。一面の見出しを追うだけで、内容はほとんど頭に入ってこなかった。

出勤するとき、玄関で妻の靴がチラッと目に入ると涙が噴き出してくる。衣類を片付けていて、妻の好きだったブラウスやスカーフがヒョイと出てくると、また涙。

妻といっしょに何度となく通った道にさしかかると、思い出とともに涙があふれて止まらなかった。

食欲はまったくなく、酒とちょっとしたつまみを口にするだけだったから、体重はどんどん減っていった。

ベッドに入っても睡眠剤がないと眠れない。精神的な打撃は、思った以上に肉体に影響を及ぼしていた。

「じゃあ、これから行ってくるぞ」

毎朝の出勤時、妻の写真にあいさつして気持ちを奮い立たせ、家を出る。応接間のテーブルの一角に妻の写真と花を飾り、簡単な祭壇のようにしていた。

日中は、これまでのように国立がんセンターに通い、とにかく仕事をした。

本人の希望で葬儀はしなかったし、私も自分から積極的に人に話さなかったため、職場でも身近な人しか妻の死を知らなかった。だから、私のどん底の精神状態にはお構いなしに、次々に仕事が押し寄せてきた。

研究評価のための会議、研究発表会、講義、各種の理事会、機関の会合、厚生労働省のさまざまな会議の座長、原稿執筆……。

総長を退職したのに、なぜこんなに仕事があるのかと思うほど忙しい。仕方がないから夢中で取り組んだ。そして、これが幸いした。集中している間は妻のことを考えないですむ。喪失感を感じる時間もなかった。

もしかしたら、これは悲しみを忘れる最良の方法ではないか。そう気付いた私は、ますます目の前の仕事に没頭していった。

問題は、夜である。

寒風の吹きつける中、コートのえりを立てて帰宅すると、明かりひとつ点《つ》いていない家が待っている。日中、誰もいない部屋の空気は冷え切っていた。

祭壇の写真の前に座り、妻にきょうの出来事を報告する。

だが、いくら話しかけても答えは返ってこない。妻はもういないのだ。

この事実が堪え難かった。

入院中、消えゆく妻の命を見守る辛さは強烈なものだった。しかし、病床にあるとはいえ、妻は私の目の前にいた。手を触れれば温かく、言葉を交わすこともできた。それが、どんなに心の支えになってくれたことか。

「話がしたい」

「口をきいてくれ」

心の中で、何度叫んだことだろう。もう永遠に声が聞こえない。話すこともできない。

静寂に包まれた家の中に一人でじっと座っていると、背中からひしひしと寂しさが忍び寄ってきて、身をよじるほど苦しかった。

妻に先立たれた男性が、預金通帳や印鑑はもちろん、下着の在《あ》り処《か》すらわからず、料理も洗濯もできなくて困り果て、心身ともに衰弱していくという話をよく聞く。私は、ここ十数年、ずっと家事を手伝ってきた。とくに家内が入院したことで、ひと通りのことはできるようになっていたから、日常生活に困ることはなかった。ただ、妻がいないこと、話ができないことが辛かった。

医師という職業柄、私はこれまで、数多くの人の死生観に触れてきた。なかには、「自分のDNAは子孫につながっている。自分は不滅であるから死は怖くない」という人もいた。しかし、これは、子供のいない私たちには意味をなさなかった。「宗教に救われた」という人の話もよく聞いた。しかし、私と宗教とのつながりといえば、高校三年の冬休みに鎌倉の円覚寺で一週間、参禅したことくらいである。それも、仏教の信者としてというより、精神修養として参加した。

宗教に縁のなかった私は、妻を亡くしたときも、何かに頼る気にはならなかった。この苦しみに一人で耐え、一人で生きていくしかないと思った。

しかし、傷はあまりにも深く、痛みに耐えかねることもあった。

「もう生きていても仕方がないな」

何度、こう思ったか知れない。

そして、この考えを打ち消してくれるのもまた、妻なのだった。そんなことをしても妻は決して喜ばないのだから、と自分に言い聞かせた。

一月末になって、暮れにおせち料理を準備してもらったお店に、重箱を返しがてら食事に行った。

店に入って、驚いた。妻がかつていつも座っていたカウンターの席に遺影と花が飾られ、陰膳がしつらえてあるではないか。遺影は、以前に店で撮った写真を、店主の息子さんがコンピューター処理して作ってくれたものだった。

人前では泣いたことのなかった私だったが、親しい店主と息子さんだけということもあり、思わず涙があふれ出し、タオルで顔を覆《おお》った。その時まで、本当に一人だけで妻の死に向き合っていたことを改めて感じた。

三ヶ月の地獄

一ヶ月が過ぎた。我ながら、よく生き延びたものだと思う。死ねないから生きている。そんな毎日だった。

とくに最初の一ヶ月は、心理的な痛みだけではなく、叫び声を上げたくなるような肉体的な痛みも繰り返し感じた。また、半身を失ったような感覚に陥ることもあった。地べたを這《は》うような日々は、終わりが見えなかった。永遠に続くのではないかと絶望的になった日もある。

しかし、三ヶ月ほど経つと、わずかではあるが回復のきざしが見え始めた。悲しみが癒《い》えることはない。だが、時間とともに和らいではいく。時の流れに身を任せればよいのだ。こう思えるようになったのだ。

いま振り返ってみると、私は最初の三ヶ月でどん底を脱し、以後、心の回復はおよそ三ヶ月ごとに変化をとげていったように思う。

石の上にも三年。三日坊主《ぼうず》。仏の顔も三度まで——昔の人は、よくいったものである。三という数字には、何か人間の生理に沿ったものがあるのかもしれない。

がんで家族を失った人の悲しみを癒《いや》す「グリーフケア（悲嘆の癒《いや》し）」という学問がある。看護領域としてもよく使われる。近年、がんの看護学の中で、注目されている分野だ。

私自身は、どん底の三ヶ月の間も、専門家によるグリーフケアを受けようとは思わなかった。そもそも、立ち直ろうという気にもなれず、そうした本を読む気にもまったくなれなかったのだ。

しかし、だいぶ落ち着いてからグリーフケアに関する書籍や論文にじっくりと眼をとおすと、私の心身に起こった現象と一致するものがたくさんあることがわかった。

妻を亡くした直後、叫び声を上げたくなるような肉体的痛みを感じたと記したが、アメリカの文献では、それを「サメに襲われて手足をもぎとられたような感じ」と表現していた。あるいは、「体のどこかに深い穴が空いて、そこから血が滴《したた》っているような感じ」というものもあった。

時間とともに血は止まるが、傷を埋めるために盛り上がってきた柔らかい肉芽《にくげ》にちょっとでも触れれば、また血が噴き出してくる。そのうちだんだんと傷口に薄皮がはり、皮が厚くなっていく。そして、少し触れたぐらいでは傷つかなくなるという。

同じことが、私の心の中にも起きていた。

一日に何百回、何千回となく心の中で妻と対話していたのは、心の中にできた巨大な空洞を埋めようとしていたのだろう。また、ふとしたきっかけで涙があふれてしまうのは、肉芽に触れたからだった。

薄皮がはり、何とか人と平静に付き合えるようになるまでに三ヶ月かかった。ちょうど、桜の花が咲き始めるころだった。雪になぎ倒されていた草が立ち上がり、再び太陽に向かって伸びていくように、私の心にもやわらかな光が差しこんできたのである。

祭壇の妻の写真を、冬景色を背景にしたものから春らしいものに替えた。

さらに四月に入ると、読書を再開するなど、気持ちに余裕が出てきた。

徐々に回復してきた私にはずみをつけてくれたのが、百ヶ日法要であった。これも先人の知恵なのだろうか。悲しみ抜いて百日たったころというタイミングに、意味があるように思われた。

妻の墓については、何も決めていなかった。妻の両親と兄はすでに他界し、家の近くの法華宗《ほっけしゅう》の寺に眠っている。妻もここに納骨するのが自然であろうと考え、住職に相談した。

そして百ヶ日法要をすることに決め、そのときに戒名もいただくことにした。定式に従い、世の中の動きに合わせて生きていくのも大事なことだろうと思ったからだ。

四月二十日、家内の身内だけに集まってもらい、百ヶ日法要をおこなった。

戒名は「賢媛院妙昭大姉」。「賢」と「妙」という字がいかにも妻らしく、良い戒名をいただいたと、嬉《うれ》しく思った。

六月には妻の実家の墓が新装されたので、納骨した。

しかし、私の心の中では、妻は墓の中ではなく、私のそばにいた。写真と花々を飾っている家の祭壇が、私にとっての妻の居場所だった。

毎週、季節の花を新しく飾り、キャビネ判の写真をときどき取り替える。その写真にむかって対話をするのが、私にとっての墓参りだった。それが、心にいちばんぴたりときた。

今この瞬間も、最愛の人を失い、時間の経過に身をゆだねるしかなく、苦しんでいる人がたくさんいるだろう。

その悲しみは、永遠に消えない。だが、急性期の生身をあぶられるような苦痛は、やがて少しずつ治まっていく。そこに至るまで、私の場合は一人で苦しみぬいたが、苦痛を軽減するグリーフケアは、社会的にもっと定着させる意味があるものだと思う。

一人の食事

四月から五月にかけて、それまでの酒浸りの生活を立て直した。

情けない私の姿を、妻はどんな思いで見ているだろうか。きっと悲しんでいるに違いない、と考えるようになった。

これから一人でどう生きていくか、本気で考えなくてはならなかった。まずは、規則正しい生活から始めよう。

朝六時に起きて八時半にはオフィスに入る。食事をきちんととり、運動をする。健康のチェックもする。

このように決意し、日々の食生活も見直すことにした。

何を食べても味がしなかったのが、一月末あたりから少しずつ味を感じるようになり、食事を作る気力も出てきた。

主に朝食用として、寝る前に二合の米をとぎ、電気炊飯器をセットしておく。これで数日分のご飯ができる。

日曜日には、一週間分の鮭《さけ》やたらこを焼いて、冷蔵庫に入れておく。おかげで、魚の焼き方はだいぶうまくなった。私は茶漬けが好きなので、朝時間がないとき、または仕事から帰った夜、焼いた鮭やたらこがあると便利だった。

牛乳とヨーグルトも欠かさない。ヨーグルトにはいろいろな種類の果実のコンポートを混ぜる。食後には果物も用意する。

カルシウム補給には、ときどき小魚を焼いたり、ちりめんじゃこをご飯にかけたりもしている。納豆もよく食べる。

週に二、三回は、これに缶詰のスープを追加する。電子レンジで温めるだけでいいから簡単だ。野菜が少し不足気味だが、まあ大丈夫だろう。

昼食はここ数年、食べていない。ビスケットを数枚と、秘書がいれてくれる紅茶か日本茶を飲む程度だ。

夕食は週の半分が会食か外食になる。

かつて妻に向かって、

「料理は実験のようなものだ。簡単だよ」

「使ったら片付けをすぐ済ませて、台所のシンクを常に空にして次の料理に取りかかるんだ」

などと偉そうな講釈をたれていた。しかし、自分で毎日台所に立ってみると、そんなにうまくいかないことがすぐに分かった。思い出すと恥ずかしいことこのうえない。

それにしても、自分一人だけでは、台所に立っても張り合いがないものである。うまいものは外食で食べればいいと、ついつい安易に流されてしまう。

それでも、フライパンにバターを溶かして刻んだ玉ねぎを敷き、牛肉を焼いたり、魚を焼いたりしている。簡単なメニューではあるが、肉か魚、そしてバランスを考えてグリーンサラダを付ける。食後には果物を必ず摂《と》る。

一人になって初めて、味噌汁《みそしる》を上手に作るのはなかなか大変なことを知った。妻が作ってくれるときは当たり前のように飲んでいたが、味の決め手となる味噌の加減が難しい。最近ようやく塩梅《あんばい》がわかってきた。

ときどき、妻から仕込まれた「常夜鍋《じょうやなべ》」を作る。

平底の鍋に日本酒を加えて沸騰《ふっとう》させ、豚肉のスライスを入れる。灰汁《あく》がわっと出てくるのでお玉ですくい、豆腐、ほうれん草（茹《ゆ》でて冷凍してある）、糸こんにゃく（これも熱湯をくぐらせて冷蔵してある）を加えて煮る。

仕上げにイリコの出汁《だし》をかけるのがポイントだ。レモンやスダチなどの柑橘《かんきつ》類と醤《しょう》油《ゆ》を合わせたポン酢で食べる。

酒のつまみとしても、ご飯のおかずとしても上々である。毎日食べても飽きないことから「常夜鍋」というらしい。

いったん作って、あとは具を足しながら火を通していれば、三晩くらいはおいしく食べられる。最後はご飯の上にかけて丼《どんぶり》にすると、これがまたうまい。食べるたびに妻に感謝している。

食材は、近くのスーパーで買うことが多い。ヨーグルト、卵、牛乳、納豆は冷蔵庫に常備している。在庫の有無と賞味期限のチェックが欠かせない。

平日、早く帰れるときは、妻が通っていた有機野菜を売る店まで足を伸ばす。少し値は張るが、野菜が格段にうまい。ほうれん草一つとっても、スーパーのものとはまるで違うのだ。きちんと野菜の味がする。

疲れているときは、カレーやシチューのレトルトをご飯にかけてすませることもある。また、冷凍庫には電子レンジで温めればいいだけの各種ご飯もストックしている。こうした手抜きも、一人で無理なくやっていくためには必要だ。

いまでも夕食のときは必ず酒を飲むが、以前のように無茶飲みをすることはなくなった。やはり精神が安定してきたのだろう。食欲をうながす程度の酒量にコントロールできるようになった。

居間にも置いていた妻の写真に向かって、その日の出来事を心の中で語りかけつつ、一緒に飲み、食す。

外食の際も、気心の知れた店では、杯やグラスをそっと一つ余分に用意してもらう。そして、妻の小さな写真を卓上に飾るか、ポケットに忍ばせ、共に味わうのである。

この小さな写真が効いた。写真を持ち歩くようになってから、寂しさを感じることが格段に少なくなった。奥日光で撮ったもので、妻は穏やかな笑みを浮かべている。写真を身につけていると、いつも一緒にいるような一体感がある。勇気付けられ、気分が楽になるのだ。

栄養学的には決して満足できる食生活ではないだろうが、体重の減少はとまり、すこぶる悪かった体調も元に戻った。血圧、血糖、尿酸、コレステロール、肝機能、腎機能と、健康診断では、どの数値も良好であるから、まあ良しとしよう。

自分の身体を守る

食生活の次は運動だが、これは意識的に試みないとひどいことになる。一日中会議が入っていたり、コンピューターの前に座り続けた日は、ヘタをすると数百歩しか歩かない。

このまま何もせずにいるのはよくない。

一日、一万〜一万二千歩を歩くことを目標にした。

まずは、通勤のとき、東京メトロで東銀座駅のひとつ手前の銀座駅で降りて、十五分くらい歩くことにした。これで自宅からオフィスまで三千歩、往復で六千歩は稼げる。

また、厚生労働省や文部科学省といった霞《かすみ》ヶ関《せき》の省庁で会議や研究会があるときには、国立がんセンターから会場まで、せめて片道だけでも歩くようにした。そうすると、通勤とあわせて軽く一万歩を超える。

電車内の時間も活用している。混んでいて座れないときには、つり革に捕まりながらの握力トレーニングを二千回、つま先立ちをしながらのふくらはぎトレーニングも続けている。

元気を取り戻し、五月の連休に登山を再開してからは、毎日帰宅後に筋力トレーニングをするのが日課となった。背筋五十回、腹筋二百回、腕立て伏せ六十回、スクワット五十回、ダンベル体操というメニューだ。

筋トレをすることで、体力に自信をつけられるのはもちろんのこと、精神面でも気持ちが前向きになる。

昼間あまり歩けなかった日は、夜、近所を歩く。人気のない神田川のほとりに行き、空手の突きと蹴《け》りの練習をしながら歩く。

ただ、こうしていくら健康に気をつかっているつもりでも、それだけでは防げないこともある。例えば、がん。国立がんセンターで院長や総長を務めた人間が、早期発見できるがんで死んでしまっては具合が悪い。

そこで、五月末に国立がんセンターがん予防・検診研究センターに予約をし、日本人男子がなりやすい呼吸器と消化器などを診てもらうことにした。数年前にも一度受診していたが、再検を申し込んだわけだ。「生きていても仕方がない」と思っていたころに比べると、格段の進歩である。

肺のCTと食道・胃・大腸の内視鏡検査をし、前立腺《ぜんりつせん》がん検診としてPSA検査を受けた。費用はしめて九万八千円。さいわい、すべて陰性だった。

問題は歯だった。私は子供のころから虫歯が多かった。自分では一生懸命、磨いているつもりなのだが、この年になると歯の数がだいぶ減ってしまった。残っている歯にしても、何本かはグラグラしていた。

妻は生前、自分が診てもらっている歯科医を強く薦めていた。

「お上手だから、あなたも一緒に先生のところに行きましょう」

ずっとそう言われていたが、公務が忙しくて通う時間がとれないと断り続けていた。

だが、本当は麻酔が怖くて行けなかったのである。

医師なのに恥を覚悟で言うと、私は歯科の麻酔が病的なまでに苦手であった。恐怖のあまり思わずあとずさりしてしまい、診察台から転がり落ちそうになったこともある。

しかし、このままボロボロと歯が抜けていっては、食事の楽しみも半減してしまう。観念して、妻が通っていた歯科医に診てもらうことにした。

結局、半年ほど通って入れ歯を作ることになった。問題の麻酔の注射を打つときは、ハンカチと椅子《いす》のひじ掛けをギュッと握り締めて恐怖に耐えた。上手に処置してもらっているうちに恐怖心はだんだんと消えていき、数本抜いたころには余裕すら出てきた。

そんなわけで、とりあえず健康管理は順調といっていいだろう。

ただ、一人で家にいるときに階段から落ちたり、入浴中に心臓発作を起こしたりして孤独死するかもしれない。それはもう仕方がないと割り切っている。

東京都の高齢化予測によると、六十五歳以上の単独世帯は、平成十二年は三十九万世帯だったのが、二十五年後の平成三十七年には八十七万世帯になるという。私自身も、この一人だ。

単独世帯の増加とともに、孤独死も増えていくだろう。それはできれば避けたいが、最近では、私が死んでも悲嘆にくれる伴侶《はんりょ》がいないことに、身軽さまで感じるようになった。

家を守るということ

一人になるまで、家を管理することがこれほど大変だとは思わなかった。

妻が元気な頃は、家のことはすべて妻に任せていた。もっとも、妻が病弱だったため、ゴミ出しや食事の後片付け、庭掃除、休みの日の買い物など、ずいぶん手伝ってきたと思う。

しかし、手伝うのと全権を担《にな》うのとでは雲泥《うんでい》の差がある。自分が責任者になってみると、「よくこれだけ仕事があるものだ」と思った。

毎日、毎週の作業以外に、年間に何度かやる作業、各種の点検もある。急な故障など、突発的なことも起こる。これらを妻が一切、私に負担をかけることなく処理してくれていたのだと思うと、また涙である。

ここ十数年は、病気がちな妻を助けるために、近くに住むSさんが週に一度来てくれていた。家の掃除は自分でもするが、引き続き十日に一度ほど彼女にお願いすることにした。私が早く帰れる日に来てもらう。その際、Sさんは家庭料理を何品か作って持ってきてくれる。これもたいへんありがたい。

近頃はうちの近所も物騒で、何軒も空き巣に入られた家があるという。わが家も十年ほど前に、二人で旅行中に空き巣に入られそうになった。実被害はなかったが、以来、セコムと契約している。

家の前の枯葉や雑草は、常に目配りをしていないと、長期留守宅と思われて狙《ねら》われやすい。気が付いたとき、帰宅後あるいは早朝にきれいにしている。

庭の雑草も放っておくわけにはいかない。草むしりは、ときどきはSさんにお願いするが、休日に自分でやっている。夏の雑草の勢いはすさまじい。蚊取り線香をたきながら汗びっしょりになって鎌をふるう。鎌の使い方のコツは、すべて妻の指導で身についている。

庭には、妻が大切にしていた十五本の牡丹《ぼたん》の木がある。四月から五月にかけて咲く大輪の花は華やかで、妻は写真を撮ったり絵を描いたりして楽しんでいた。

その牡丹を枯らしてしまっては、妻が悲しむ。毎年、牡丹の木のまわりに妻が牛糞《ぎゅうふん》をまいていたことを思い出し、妻のノートにある記録を探した。牛糞をまく時期と業者がわかったので、宅配してもらい、見よう見まねでまいた。

また、妻の記録から、いつも頼んでいた造園会社の連絡先も分かったので、初夏と秋に庭の木々の手入れに来てもらっている。庭木は、妻と私が若いころから「老後の楽しみ」として、少しずつ買い揃《そろ》えてきたものばかりである。

洗濯は、週に一回が基本だが、登山や運動で汗をかいたときには、その都度洗っている。全自動洗濯機の、なんと便利なこと。急ぐ場合には、乾燥機にかければ何の問題もない。時間があるときには、屋上にある屋根付きのスペースに張ったロープに、ハンガーで順次並べていく。これも妻に仕込まれていたから、何の負担も感じずにできた。

クリーニングは宅配してくれるのだが、平日は留守のことが多いため、庭のすみに専用の箱を置くことにした。そこにワイシャツを入れておくと持っていってくれ、前の週に頼んだ洗濯済みのものが届けられている。

代金は銀行口座から自動引き落としにしてもらった。衣替えのときのコートや背広の受け渡しは、電話で日にちを決めて直接やりとりするようにしている。その日は、出勤時間を少し遅らせねばならないが仕方がない。また、戻ってきた衣類に防虫剤を入れてタンスにしまうのも大事な仕事だ。

ゴミ出しは、分類の仕方や出す曜日がときどき変更されるが、収集場所に貼《は》られた知らせに気が付くので、これまで困ったことはない。

ただ、不燃物は二週間に一回なので、ときどき日にちを間違えてしまう。収集車に置いていかれて、またこっそり家に戻したこともあった。

ゴミ収集には税金が使われているわけだが、それにしても、決められた日時にきっちりと収集していくサービスの正確さには恐れ入る。同時に、この機能が麻痺《まひ》したらどんなことになるのか、都市生活の基盤の脆弱《ぜいじゃく》さが空恐ろしくなる。

他にも、細々した雑事が山のようにある。

海外出張や学会で数日間、家を空けるときは、ファクシミリで郵便物や新聞を止めるように依頼し、郵便受けから物があふれないようにする。

また、わが家はガスの使用量が道路からチェックできないため、毎月、「この用紙に記入して表に貼っておいて下さい」という紙がポストに入っている。受け取った翌日にはその通りにする。

料金は、ガス、水道、電気ともすべて自動引き落としだ。

「電気やガスの安全点検に伺ったが留守だった」、との連絡紙がポストに入っていることもある。これは曜日、時間を打ち合わせて家にいるようにし、済ませることになる。

これまでに困ったのは、電球が切れたわけではないのに、居間の照明が突然点《つ》かなくなってしまったとき。それと、お風呂《ふろ》の給湯器が故障したときだ。これも妻の記録を丹念に調べると、それぞれ対処してくれそうな連絡先が見つかった。

外灯の電球のストックが無くなったと思い専門店で購入してみたら、実は納戸《なんど》に一ダースもの買い置きがあった。他にも洗剤や金網、アルミホイル、防虫剤、蚊取り線香、ペーパータオル、トイレットペーパーなどなど、納戸にはあらゆる種類の日用品のストックがあふれていた。数年は大丈夫と思われる量である。

妻は物資が極度に不足した時代を経験しているし、いつ病気になるかわからないという状況もあって、このストックの山が生まれたのだろう。私にとっては大助かりであった。

単独者が一番困るのは、宅配荷物の受け取りではないだろうか。再配送をしてもらうにしても、私が家にいない限り受けとれない。普段から留守にすることが多く、出張もあるため、なかなか受け取れないことがある。

昔からの患者さんが旬の果物などを送ってくださっても、何日も受け取れず返送されてしまったこともあった。今後、根本的な見直しが求められるサービスの一つだと思う。

すべての家事がまったく初めての経験ではなかったからまだよかったが、自宅をきちんと保持しながら落ち着いて生活するためには、想像以上に多くの仕事があった。この約二年、なんとかこなしてきたが、今後もずっと出来るとは限らない。一人で住む老人が努力して対応できることには限界があると感じる。

妻の遺言

伴侶や親の死のあとに、必ずついてくるのが遺産の問題である。

妻の死亡届が受理されると同時に、妻名義の預金口座はすべて凍結された。以後、そこからお金を引き出すには、妻の法定相続人全員からの、実印での了承を得る必要があるという。妻の戸籍謄本《とうほん》も必要だ。

妻の遺産贈与を受けるための手続きは複雑だった。

「この苦しい時期に、しかもいろいろと仕事を抱えているのに、どうすればいいのだ」

と茫然《ぼうぜん》としたものだ。

銀行の通帳や印鑑が家のどこにあるのかは妻に教えられていて揃えることが出来たが、郵便貯金の通帳だけがどうしても見つからない。妻が使って、どこかに移したままになっていたようだ。その再発行の手続きのために、私は仕事を休んで郵便局に行かなければならなかった。

「これは本当に大変だ」

と、思ったものである。

そのときふと、妻が元気だった五年前に、二人で相談して遺言書を作ったことを思い出した。公正証書として届け、銀行に保管してあるはずだ。

銀行に連絡すると、二月のある晩に担当者が自宅まで来てくれた。遺言書の内容を一緒に確認し、以降は遺産贈与の手続きのすべてを代行してくれるという。もちろん手数料はかかるが、精神的にも肉体的にも苦しい時期に、面倒な事務作業を肩代わりしてくれるというのは、たいへんありがたかった。これも、銀行に遺言書を預けておこうと言った、妻の先見の明のおかげである。

私たちの家は、妻の実家の土地の三分の一の部分に建てられている。土地は妻の二人の姉と共有になっていたので、妻の相当分は私が贈与を受けることになった。

私たちには子どもがいないから、私が死んだら、妻の二人の姉が順次、不動産を引き継ぐ。もし二人ともいない場合には、甥《おい》に贈与するという内容の遺言になっている。残りの動産や、夫婦二人で四十年間に貯蓄したわずかな財産は、私の死後は「財団法人がん研究振興財団にすべて寄付する」という内容にしておいた。

二月に手続きを始め、八月には妻の遺産はきれいに整理された。土地も含め、すべてを私が引き継いだ。妻の二人の姉には、銀行からその経緯が事務的に連絡された。

遺言書の効果は絶大である。おかげで何のトラブルもなく、スムーズに事が運んだ。妻も私も元気なうちに正式な遺言書を作っておいたことが、こんなに役立つとは夢にも思わなかった。

財産のある人や、血縁関係が複雑な人は、ぜひとも元気で明晰《めいせき》な判断ができるうちに遺言書を作成することをお勧めする。それは自分のためであると同時に、自分が死んだときに残された人への配慮でもある。

一方で、妻の遺産贈与は私自身の遺言書を見直し、変更するきっかけにもなった。

私は現在、ボランティアとして日本対がん協会の会長を務めている。これは国と民間が手を組んで、がん対策を進めるための組織である。

がん検診、電話でのがん相談、医師によるがん相談（私も月に一度担当している）、米国対がん協会と連携したリレー・フォー・ライフ活動、ピンクリボン活動などに取り組んでいるが、最大の悩みは資金不足だ。一般の人や企業から寄付を募り、財政基盤を強化したいと常々考えていた。

そこで、自分の遺言書を、すべて財団法人がん研究振興財団に寄付するというものから、半分は日本対がん協会に寄付する、と書き換えることにした。二〇〇八年十一月に新宿の公証役場に出向き、銀行の担当者の立会いのもとに変更手続きをした。これで私は、いつ死んでも後顧の憂《うれ》いはない。

海外出張の効用

国立がんセンターの総長を二〇〇七年三月に退任するまで、私はなるべく外に出ずに、がんセンター内にいるようにして、組織の隅々にまで眼を配るようにしてきた。世界の医療の動きに遅れないためには、ときには海外に出ることも必要だが、あえて最小限にしてきた。

だが、総長を退任してからはその必要もない。今後は妻を伴って、精力的に海外出張をしようと考えていた矢先の妻の死であった。そして彼女亡《な》き後は、外に出ようという私の気持ちはすっかり萎《な》えてしまった。

しかし、いつまでもそうは言っていられない。以前から決まっていた海外出張が立て続けに入っていた。

まずは二〇〇八年の四月末、スウェーデンのストックホルムで開かれた世界保健機関（WHO）の膀胱《ぼうこう》がん会議に出席した。

この会議で私は重要な役割を与えられていたので、約二年前から参加する予定になっていた。そして会議が終わったら、妻と一緒に北欧四ヶ国を旅しようと考えていたのである。

まだ行く気力もなく、出張中止も考えたが、迷った末に出かけることにした。行ってしまえば、一人で考え込む時間も減るかもしれないという思いもあった。

主催者であるカロリンスカ大学のレナート・アンダーセン教授は、妻とも面識があった。彼が金沢に来たときの宴席で妻もご一緒したことがあり、そのときの会話も細部までよく覚えていてくれた。

ストックホルムでは会議と討論の日々が続いたので、ホテルの近くの運河沿いの遊歩道を三時間ほど歩いて、意識的に気持ちを切り替えた。

遊歩道にはのんびりと散歩を楽しむお年寄りもいれば、乗馬を楽しむ人、ランニングする人など、思い思いのスタイルで時間を過ごす人たちがいた。

また、乳母車を押す若い夫婦の姿も目立った。この国の税金は五〇パーセント近いが、生活は安定していて、少子化の問題はまったくないという。そして、三時間ほど歩いていても、歩道に落ちていたたばこの吸殻は一つだけだった。

健康的で堅実な人々の暮らしぶりを見ていると、私ももっと積極的に生きてみようか、という気になった。

この経験から、海外に出ることは気分転換にもなり、心の痛手から立ち直る一つのきっかけになると感じた。

六月半ばには、アメリカのミネソタ州ミネアポリスで開かれた日米医学会議に出席した。外務省と厚生労働省が手続きを進めてくれ、私は「環境遺伝子」部門の代表として参加した。

この会議は、佐藤栄作首相とニクソン大統領の間で交わされた合意書に基づいて始まったもので、四十年以上の歴史がある。アジアの感染症や生活習慣病など、環境と遺伝子にかかわる問題を議論する。

会議の前日、同じミネソタ州にあるメーヨー・クリニックの親友、ロバート（ボブ）・P・マイヤー博士夫妻が、車で二時間かけてミネアポリスに駆けつけ、会いに来てくれた。

彼らに会うのは、妻が亡くなる二ヶ月前、四人でいっしょに食事をしたとき以来であった。亡くなったときはボブに手紙で知らせ、最後に会ったときに妻の病状を伝えなかったことを詫《わ》びた。

ボブからすぐに返ってきたメールには、「My eyes are watering（涙が止まらない）」とつづられていた。

その日は、夫妻にミネアポリス市内の観光案内をしてもらってから、ホテルで夕食をとった。私が妻の小さな写真をテーブルの隅に飾ると、ボブは言った。

「このテーブルは三人用に予約したけれども、僕もスピリチュアルには　table for 4（四人分の席）だったんだよ」

それを聞いて私は、「スピリチュアル」という言葉の意味がわかったような気がした。

がんの痛みには、肉体的な痛み、心理的な痛み、仕事やお金の問題など社会的な痛み、スピリチュアルな痛みという、四つの痛みがあるといわれている。

私には四番目の「スピリチュアルな痛み」の意味が、今ひとつピンときていなかった。

「スピリチュアル」という言葉は、日本語では「魂の」とか「精神上の」と訳すが、ボブのその言葉から、英語では「生きる意味」といったニュアンスがあるように思われた。

夫妻の温かい慰めと妻の思い出話で、テーブルは大いに盛り上がった。明るく陽気だった妻の人柄、四人で行った伊豆半島の温泉旅行、シンガポールでの旅行、ニューイングランドでのドライブなど、話はいつまでも尽きなかった。

七月半ばには、世界の主だったがんセンターの所長が集まる会議が、国際がん研究機関（IARC）のリヨン本部で開かれた。私は名誉総長となってからも、運営委員会のメンバーだった。

三日間の会議のあと、機関の所長であるピーター・ボイル博士の自宅に招かれ、ご家族とテーブルを囲んだ。

その二年前、ピーターの世話で、妻と私はブルゴーニュを一泊二日で旅行したことがある。二日目の夜にお礼を兼ねて、ピーター夫妻をポール・ボキューズ氏の三ツ星レストランに招待した。私たちは当時のことを懐《なつ》かしく語り合った。

台湾泌尿器科学会の会長、チャン博士も妻の死に深い悲しみをあらわされた。

八月、台湾泌尿器科学会での特別講演のために台北《タイペイ》を訪れたときのこと。久しぶりに会った博士は、妻の死を知ってショックを受けた様子だった。

チャン博士とも家族ぐるみの長い付き合いがある。二十年前、彼が日本に三ヶ月滞在した際には、国立がんセンターがお世話をした。彼が帰国する前に、私たち夫婦はチャン夫妻とお子さんを伊豆の温泉旅行に招待した。以来、チャン博士は会うたびに、その思い出を楽しそうに話してくれるのである。

結局、私は四月から八月までに五回、海外に出かけた。最新のがん研究に触れ、科学的な刺激を浴びる面白さに加えて、妻を悼《いた》んでくれる友人たちに勇気づけられた。彼らが妻の思い出を話してくれるたびに、私は温かい気持ちに包まれた。海外出張は、友人たちの記憶の中にいる妻に会いにいく旅でもあった。

このころには私も、少なくとも外見上は、講演や会話、食事を普通に楽しめるようになっていた。妻のことが話題にのぼっても、落ち着いて対応することができた。海外でも日本でも、仕事に集中せざるを得ない状況のなかで、妻のことを長時間、考えることはなくなった。時間は確実に私の心を癒し、私は少しずつ普通の生活を取り戻していった。

蝶《ちょう》になった妻

「奥様はきっと、鳥や蝶、何かに姿を変えて現れますよ」

私より少し前に近親者を亡くした知人に、こう言われたことがある。そのときは、単なる慰めの言葉だと思い、とくに心に留めなかった。のちにこの言葉に深くうなずく日がこようとは思っていなかった。

五月の連休を迎えるころ、妻が亡くなって初めての休暇をどう過ごすか、私は思案していた。例年なら、妻と奥日光に数日間滞在し、中禅寺湖でのカヌー、ハイキング、山登りを楽しむところである。一人になったいま、同じことをしても虚《むな》しさが募るだけだろう。全部やめてしまおうかとも思った。しかし、

「そんなことをしたら妻は悲しむのではないか。妻が喜ぶであろうことをするのが一番だ」

と考え直し、例年通り奥日光に出かけることにした。

中禅寺湖は、いつものように静かに水をたたえて私を待っていた。

ホテルで砂袋を用意してもらい、カヌー前方の、いつも妻が座っていた位置に重石《おもし》としてのせバランスをとった。重石といっしょとは何とも侘《わび》しいが、いつも妻と漕《こ》いでいた中禅寺湖の半周コースをまわった。

重石といえば、カヌーを始めたころを思い出す。

「重石の代わりに前に座っているだけでいいんだから」

私はそう口説いて妻をカヌーに乗せ、漕ぎ出した。ところが、山の天気は変わりやすい。雨が降り始め、風も出てきた。一刻も速く岸にたどりつかねばならなくなると、妻にもパドルを持たせて、

「しっかり漕げー！」

と、号令をかけた。

「約束が違うじゃないの」

妻は文句を言いながらも必死で漕いでいた。その姿がなつかしい。

この五月の連休には一人でハイキングもした。二人で歩いていた定番のコースである。カヌーを漕いでいるときも、歩いているときも、心の中ではひたすら妻に話しかけていた。

この奥日光行きは、海外出張の効果とも相まって、生きていく自信のようなものを

私に与えてくれた。

八月の休みにも、再び奥日光を訪れた。前白根山の水を集めて中禅寺湖に注ぎ込む外山沢川の上流、山の奥深くに「庵滝《いおりだき》」という知る人ぞ知る滝があるという。

「いつか奥様と一緒にお連れしたい」

湖畔の千手ヶ浜に一人で暮らしている「奥日光の仙人」と呼ばれる知人に、ずいぶん前から言われていたことを思い出した。妻はいなくなってしまったが、仙人に案内してもらうことにした。

岩だらけの川床を遡上《そじょう》すること一時間、突然、目の前に滝が現れた。岩壁の間から水が噴き出し、三十メートルほどの高さを一気に落下している。夏の陽射《ひざ》しを浴びて、七色の虹の輪がいくつもできていた。ほてった体に冷たい水しぶきが心地よい。滝つぼのまわりには、色とりどりの花が咲き乱れていた。

滝を見上げて疲れを癒《いや》していると、一羽の蝶がフワリ、フワリと飛んできた。透き通るような薄いブルーを黒で縁取った羽を広げ、なめらかに宙を舞う。アサギマダラである。

高く低く、私のまわりをまわり、滝のほうに離れていったかと思うと、また戻ってきて、まとわりつくように飛んでいる。その優雅な飛翔《ひしょう》が、ふっと妻の舞い姿に重なった。

トロントに留学していた三十年前、私たちはカナダ人宅のクリスマスパーティーに招かれた。日本文化に話題が及んだとき、着物姿の妻が立ち上がり、「さくら、さくら、弥生《やよい》の空は……」と舞ってみせた。あのときの妻の姿である。

「ほら、奥様が喜んでいますよ」

仙人が声をかけてくれた。

「妻も念願の滝を見ることができて喜んでいるのだ」

私も心の底からそう思った。

夏のこの時期にこの地でアサギマダラを見ることは珍しくないし、ゆらりゆらりとした飛び方も、この蝶の本来の姿である。普段であれば気に留めなかっただろう。だが、私には特別の意味があるように思えた。そして、妻が「鳥や蝶になってあらわれる」という知人の言葉を思い出したのだった。

その数日後、私はまた妻に会うこととなった。

以北最高と呼ばれる標高二五七八メートルの奥白根山に一人で登ったときのことだ。日々のトレーニングが功を奏したか、あまりにも簡単に頂上に立てたので、下りは別のルートをとることにした。

ところが、標識の不備もあって道を間違え、道とは言えないような、ひどい悪路を下ることになってしまった。

くたびれ果てて途中で一息ついていると、すぐ目の前の木の枝にメボソムシクイがとまった。スズメより少し小さいくらいの小鳥である。

「チュルリ　チュルリ」

喉《のど》の奥まで見えるほど、くちばしを大きく開いて、小さな体に似合わない独特の大きな鳴き声を浴びせてきた。

「こんなところで何してるの？　しっかりしなさい！」

まるで妻にこう励まされているように聞こえた。

「妻は私をどこかで見守ってくれている」

そう思わずにいられなかった。

極めつけは、九月に行った北海道のトムラウシ山だ。難易度が高く、二〇〇九年七月には九人もの登山客が遭難死するという痛ましい事故があった山である。

ガイドと二人で、激しい風雨の中、岩に足をとられながら悪路を登っていた。あまりの悪条件に途中でイヤになって、ふと立ち止まると、ハイマツの茂みから褐色のナキウサギが飛び出してきた。私の左袖《ひだりそで》に触れるように駆け抜け、反対側のハイマツにサッと身を隠す。

「あっ、妻だ！」

私はとっさに思った。妻が激励に出てきてくれたのだ。

この一瞬の出来事で私は再び気力を取り戻し、無事に登頂することができた。私の疲れがピークに達したちょうどそのときに、あんな形で姿を現すのは、妻の化身としか考えられなかった。頭の片隅では勝手な思い込みだとわかってはいるが、私は実際に励まされたのだ。

葬儀の弔辞で、しばしば「天国から見守ってください」という言葉を耳にする。これまで特に意識したことがなかったが、自分が妻を亡《な》くしてみると、あの言葉はその通りなのだと思う。妻がどこか上のほうから私を見守ってくれている感覚が、確かにある。

こうして様々な場面で妻があらわれ、一体感を感じられたことは、私を精神的に癒してくれたし、気力を取り戻す大きなきっかけともなった。どんなに非科学的な話であっても、当事者には特別な意味を持っているのである。

新たな生きがい

何のやる気も起きず、妻のことばかり思い出しては泣いていたとき。この負のサイクルを断ち切るには、何か新しいことを始めるべきだと考えた。そこで再開したのが、妻と昔から楽しんできた山登りだった。そして、登ったら下りる、というわけで、カヌーによる川下りも再開した。五月の連休から、この二つに本気で取り組んだことは先に述べた通りである。

秋も深まったころ、登山とカヌーに続いて、まったく新しいことに挑戦した。昔から興味を持っていた居合である。居合とは、座った、もしくは立っている状態で刀をすばやく抜いて敵を切り倒し身を守る剣術だ。

私はもともと武道が好きで、医学部に通っていた六年間は空手をやっていた。剣道の経験はなかったが、居合の所作の美しさと、「鞘《さや》の中で勝負が決まる」といわれるほどの集中力に強く惹《ひ》かれていた。

集中力の鍛錬として、また脳の活性化のためにもやってみたい。心を鍛えれば、妻を亡くした喪失感にもなにか効果があるのではないか、という思いもあった。体を動かすことは、精神の回復にもいいはずだ。

それに、仕事のうえでも、いざとなったら刀を抜いて切るくらいの気迫が必要な場面がある。政治家や役所の幹部とむずかしい交渉をする場合など、かなりの気迫で相対さないと、こちらの意思がなかなか通らない。

居合は剣道をやったことのない人でもできると聞いて決心した。ただ、師匠を選んだほうがいいということで、伝統のある三菱の道場を紹介してもらった。

巣鴨《すがも》にある道場には、夕方になるとネクタイをしめた三菱系列会社の社員が続々と集まってくる。夜のひととき、柔道、剣道、空手、合気道、居合などの稽古《けいこ》に励むのである。

初心者の私でも、三十年以上の経験がある先生に一対一で指導してもらえる。しかし、覚えなくてはいけないことが山ほどあり、初日から頭の中が混乱した。

稽古着の着方、帯の締め方、道場の入り方……すべてのことに約束事があるのだ。それに、木刀や居合刀を振るのにも独特の心得があり、腰を沈めるための足構えもある。できるまで何回も指導され、徹底的にしごかれた。

週に一度の道場通いで、体は新たな筋肉痛に襲われ、頭はパニックに陥った。しかし、教本を読み、ビデオを繰り返し見ているうちに、それぞれの所作の意味とポイントが少しずつわかってきた。奥深い楽しみも、垣間見《かいまみ》えるようになってきた。

「数年後には、私だって鋭い刃鳴りと共に大きく刀を振り、美しい所作で生死の境を切り抜ける、決然とした心境に達するだろう」

「凛々《りり》しい剣士になるだろう」

今は勝手にそう思い込み、明けても暮れても居合の所作に夢中である。その合間にも妻が顔を出し、

「あなたも物好きね」

と笑っている。

カヌーと登山を再開し、居合を始めた効果は大きかった。体を鍛え、心を練る。少しぐらいのことではもう傷つかない。そして、残された人生を前向きに考えられるようになってきた。何よりも、私がこうして懸命に何かに打ち込んでいることを、「妻も必ず喜んでくれている」と思えるのである。

回復と再生

妻が亡くなって半年が過ぎたころのこと。

「そうだ、妻の絵の遺作展をやろう」

と思いついた。その瞬間、心に光が差し込んだような気がした。

本人が望んでいた通り、妻の葬儀はしなかった。そのかわり、一周忌のつもりで遺作展を開くことにした。

応接間には、足の踏み場もないほど妻が描いた油絵やクロッキーが置いてあった。しまう気にもならずそのままにしていたが、これらの作品をみんなに観てもらえば、妻も喜んでくれるだろう。とてもよいアイディアだと思った。

妻は勉学に熱心だったばかりか、実に多才な人だった。

写真に夢中になっていた時期もある。写真講座に通い始め、メキメキ腕を上げていくのが私にもわかった。

ただ膠原病《こうげんびょう》のため、日焼けを避けなくてはならない。外での撮影には帽子と手袋が欠かせなかった。

　中禅寺湖でカヌーに乗っているときも、夢中でシャッターを押していた。私が一パドル余分に漕いだために、

「撮影スポットが狂ってしまったじゃないの」

　とよく叱《しか》られた。

　最近はデジタルカメラに変えたので、思う存分に撮ることができ、多少スポットがずれても叱られることがなくなった。

　ただ、ホテルに戻ってからが大変だ。どの写真をメモリに残し、どれを消すかを決めるのに、一枚ずつコメントしないと機嫌が悪くなるのだ。これにはずいぶん時間を取られた。

　しかし、こうして撮影した写真は、今も私の役に立っている。講演でスライドを使いながら難しい話をするとき、話題を転換するときのマーカースライドとして、妻が撮った写真を織り込んでいるのだ。

　奥日光、蝶、牡丹《ぼたん》、山などのシリーズがあり、その中から季節や講演地を考えて選んでいる。聴衆のみなさんにも喜んでもらえているようだ。

妻は、写真の次に絵を始めた。大学時代まで絵筆を握っていた私の絵画道具がほこりを被《かぶ》ったままになっているのがもったいない、と絵画教室に通い始めたのだ。それから約十五年間、いろいろな教室に通い、先生も仲間もずいぶん変わったようだが、妻は一貫して人物をモチーフにしてきた。

とくに好きなのが裸婦像である。木炭を握り、力強い筆致で大きく描くので、紙が足りなくなる。よく継ぎ足して描いていた。ダイナミックで相当に迫力がある。

油絵のほうは、初期のころは八号〜十号ぐらいのキャンバスに描いていたのが徐々に大きくなり、三十号、時には縦の長さが一メートルほどある五十号にも描くようになった。キャンバスを買うときは、私も新宿の画材店に荷物持ちとして付き合わされた。

モデルさんの一ポーズを三分ほどでデッサンする早描きの練習をしていたときのこと。教室を終えた妻と待ち合わせ、レストランで夕食をとった。その日の早描きのスケッチを見せられた私は、思わず、

「ワハハ、漫画みたいだ」

と大笑いしてしまった。すると妻の様子がおかしい。なんと泣いているではないか。

妻がそんなにも絵に傾注しているとは思わなかった。それからは、絵の批評は心して

おこない、また、できるだけ応援するように心がけた。

写真同様、妻はあっという間に力をつけた。そして、展覧会ができるほどの素晴らしい絵をたくさん残していったのである。

遺作展のことは、ここ数年、妻に指導をしてくださっていた独立美術協会の今井信吾先生に相談した。

夏の暑い日に自宅に来ていただき、油彩とクロッキーを約四十点、選んでもらった。

「大変力のある絵もありますから、良い展覧会になるでしょう」

そう言われて、勇気百倍であった。

会場は中央通りの松屋銀座の向かいにある井上画廊にした。妻は華やかなことが好きだったから、銀座の表通りの画廊なら喜んでくれるだろう。

ところが人気の画廊なので、一年以上先まで予定が埋まっているという。困っていると、偶然キャンセルがでて、私が希望していた二〇〇九年一月の最終週に開催することができるという。

私も、数年前に奥日光で妻と並んで描いたミズナラの巨木の油彩を、一点だけ出展することにした。私が退職して時間ができたら、二人展をやろうと約束していた。それは実現しなかったが、せめて一点だけでもいっしょに並べたいと思ったのである。

また、展覧会に合わせて、作品集も作った。

「本当にいいことをされましたね」

「奥様はお幸せでしたね」

来場された方々は、口々にそう言ってくださった。

妻はきっと喜んでくれたと思う。展覧会の準備も、作品集の制作も、私にとっては妻との一体感を味わえる充実した時間だった。

喪失感に打ちのめされ、そこから回復し、再生して未来のことを考えられるようになるまでに、私の場合は一年近くかかった。知人は八年かかったというから、私は早いほうだったのかもしれない。

もう何度も書いてきたが、最初の三ヶ月は、一人で悲しみ抜いた。ひたすら自分で考え続けるうちに、少しずつ気力が芽生えてきた。そして、海外出張や、登山、カヌー、居合などの活動を始めたことで徐々に再生していった。

始めからグリーフケアの本を読んで、何とか早く回復しようとする人もいるだろう。専門家のところに救いを求める手もあるだろう。それらは何らかの助けになると思う。ただ、私自身は、そうしたものを助けにして立ち直ろうとは思わなかった。いちばんつらい時期には、何かを読む気力すらなかった。葬儀をして弔問客への対応や葬儀社とのやりとりで忙しくしているうちに、悲しみがまぎれたという人もいる。人との接触が孤独を忘れさせてくれるからだという。私の場合は、昼間の公務をこなす以外は、人とほとんど交わらなかった。悲しみがまぎれることなどなく、どっぷり悲しみに浸かっていた。しかし結果的には、それが回復への近道だったように思う。

最終的には、やはり自分自身の足で立ち上がるしかない。とことん落ち込んで、死にさえしなければいいのである。

ここ最近しきりに考えるのは、これから先、一人老いていきながらも健康に生きていかねばならないということだ。

私は現在、七十歳。妻は七十八歳で亡くなった。私もせめてその年までは元気に生きたいと思っている。

まず、がんになったらどうするか。治療は出来る限りのことをやろうと思う。

では、治療が終わったらどうするか。緩和ケアになったときにどうするのか。これについては、まだ結論が出ていない。

もしくはがん以外の、たとえば心臓などに問題が起きたときにどうするのか。突然倒れて半身不随になったり、パーキンソン病になるなど、一人で生活するのが厳しい状況になることも考えられる。このように、まだまだ考えなければならないことはたくさんある。

また私は、自分の老化の現象をきちんと追ってみたいと考えている。毎年、ＭＲＩで脳の状態を調べたり、血液のデータをとったり、運動機能を計ったりして得たデータを記録していく。

そして、年齢とともに精神活動がどう変化し、肉体がどのように衰えていくのか。病気がどのようなかたちで出てくるのか。また、社会との関係が身体にどのように影響を与えていくのか、などを観察していくのだ。

こうしたことが実現できれば、増加する独居老人の問題に役に立つのではないかと思っている。

奥日光の中禅寺湖をバックに（2005 年 8 月）

国際がん研究機関のピーター・ボイル所長夫妻と
ポール・ボキューズ氏のレストランにて（2006 年 7 月）

エピローグ

「もし、私が先に死んで妻が残されていたら……」

そう考えるとゾッとする。逆でなくて、本当によかった。あの苦しみを、妻には決して味わってほしくないからだ。

人の誕生には、それほど大きな違いはない。どんな人も母親の胎内を出て肺呼吸になる環境の変化に驚き、泣き声を上げながら生まれてくる。

しかし、死は個々人で大きな差がある。それまでの七十年、八十年の人生が死に投影されるからだ。

私は医師として、数多くの人の死に立ち会ってきた。高齢の患者さんが人生に満足して穏やかに世を去ることもあれば、二十代の若者が無念のうちに亡《な》くなることもある。

患者さんが亡くなったあとの喪失感。それは、何とか救命したいと力を尽くせば尽くすほど大きくなる。

長年、死を身近に感じる場所で働いていたものの、妻を亡くした喪失感は、これまでに経験したことのない、また想像をはるかに超えるものだった。

とくに亡くなった直後の苦悩は、「人間が耐えられる限界を超えているのではないか」とすら思った。うつ状態になり、酒に浸った。妻の服や靴がチラッと目に入っただけで、涙がふき出したことは前章でも触れたが、まさか自分がそんな状態になるとは思いもよらなかった。

というよりも、妻が私の人生から突然姿を消し、もう話しかけられなくなる日が来ることなど、ほんの少し前までは想像すらしていなかったのだ。

いつも機嫌がよく、話好きだった妻。ときに笑い合い、ときに真剣に議論し、一緒にいて退屈したことがない。妻との会話がこんなにも自分を支えてくれていたのかと、彼女が亡くなってみて、身にしみて分かった。

自分はもう二度と立ち上がれないと思うほど、心身ともに弱りきっていたが、時の流れとは人の心を癒《いや》してくれるものである。

妻が亡くなってからは、帰宅するとすぐに、妻の遺影の前にいき、話しかけるのが日課になった。はじめのうちは線香一本が燃え尽きるまで、二十分以上、妻の写真にむかって語りかけていた。

それが、冬が過ぎたころのある晩、気が付くと線香を半分に折り、折った二本に一度に火をつけていた。燃え尽きる時間も半分になり、遺影の前に座している時間は十分程度になった。

帰宅後にしなければならない家事も多く、無意識のうちにこうするようになったのだろう。自分が回復し、再生に向かっていることを実感する出来事だった。

「妻がいちばん喜ぶのは、私が自立してしっかり生きることだ。どうすれば一人できちんと生きていけるだろうか」と考えるようになったのも、その頃のことである。

日々の生活を見直し、そこからは立ち直るスピードがぐんと加速したような気がする。

食生活、運動、健康管理をひとつずつ改善し、妻と楽しんでいたカヌーや登山を再開した。まったく新しいことを始めようと、居合にも挑戦している。

そして、大きかったのは、妻の絵の遺作展である。一から計画し、実現すると、自分の生きている意味が広がるような気がして、自信を取り戻した。

さらには、少し冷静になってから、おもに海外で研究されているグリーフケア論を体系的に勉強すると、私が個人的に体験したことの多くの事柄が学問的に記述されていることを知った。

妻がいなくなった直後のどん底の時期ではなく、少し後になってグリーフケアと出会い、冷静に向き合えたことで、自分をより客観的に見られるようになったのである。

それでも、まだ傷は癒えていない。

今も、妻の洋服や靴を片付けられずにいる。手で触れると涙が止まらなくなるからだ。「これはあの会食のとき着ていたスーツだな」、「このセーターはあの旅行に持っていったな」というように、妻がファッションショーをしながらいっしょに選んだ一点一点が、思い出を語り出すのである。

回復、そして再生にかかる年月は人それぞれだ。私もまだ道の途中にいる。

私が経験したような家族の悲しみを防ぐためにも、自分は健康だと思っていても、また何の症状がなくても、適切ながん検診をぜひ受けてほしいと心底思う。

胃がん、大腸がん、乳がん、子宮頸《けい》がん、通常の肺がんは、早期に発見すれば未然に悲劇を防ぐことができる。そして、たばこを吸っている人はすぐにやめてほしい。

これは重要である。

ただ、妻のような肺の小細胞がん、スキルス胃がん、膵《すい》がんなどは、残念ながら現代の医学では、時に治癒がむずかしい。地道な基礎研究が必要だ。

また、近年は「畳の上で死にたい」、「最後の日々を自宅で過ごしたい」という人が増え、在宅がん看護が注目を浴びているが、自分で経験してみると、家族にかかる負担がかなり重いことを認識した。

妻の場合は、私が医師、看護師、介護士の三役をかねて、ようやく在宅看護が実現した。わずか四日間ではあったが、「家で最期《さいご》を迎えたい」という妻のささやかな願いを叶《かな》えることができたのは、たいへんな幸運だったと思う。

ただ、これが医療知識のない一般の人の場合、ハードルはかなり高くなるだろう。しかも長期にわたって実践するとなれば、よほどしっかりした社会的な支援体制がないとむずかしいと感じた。

つまり、がん対策には、予防、検診、治療、緩和医療、在宅看護の支援体制、がん経験者の支援、残された人の悲嘆に対するケアなど、実に広範な問題をカバーすることが求められているのだ。そして私自身、わが国で有効ながん対策が実現するよう、今後も一翼を担《にな》っていきたいと考えている。

もう少し、世界とわが国のがん対策について触れておきたい。世界保健機関（WHO）の二〇〇七年の統計によると、全世界で年間にがんになる人は、一一〇〇万人、がんで亡くなる人は七九〇万人、がん経験者は二五〇〇万人という。各々《おのおの》の数は年ごとに増加している。つまり、がんは先進国はもとより、アジア、アフリカ諸国も含めた全世界的な健康上の重大な課題となっている。従って、世界保健機関もがんに対する対策を最重要視して、その三分の一は予防可能、三分の一は早期発見と治療で対処し、残る三分の一は疼痛《とうつう》管理と緩和ケアで対処しよう、とする計画を二〇〇二年に発表している。

一方、わが国では二〇〇七年四月、「がん対策基本法」が施行された。世界のがん対策と軌を一にして、日本でもがん対策基本法に基づき、「がん対策推進基本計画」が作られた。この中では、たばこ対策を中心としたがんの予防、科学的に有効ながん検診の推進、日本中どこでも一定レベル以上のがん診療が受けられる、つまりがん医療の均《きん》てん化を図る、そしてどうしても治せない患者さんに対しては、緩和医療を治療の早い段階から提供する、がん登録によってがんの正確な実態を把握する、すべてを下支えするものとしてがん研究を推進する、といった内容を主旨とする計画が作られている。

わが国のがん対策は、これにより形はほぼ完璧《かんぺき》に出来上がったが、その内実、質的な充実は未《いま》だしの部分が多い。これだけたくさんのがんで苦しむ患者さん、あるいは家族がいることを考えると、わが国の健康上の最重要課題として、がん対策には思い切った予算と人材の投入が必要と思われる。そのためには、厚生労働省のがん対策予算を調整するのではなくて、文部科学省や経済産業省を含めた、かつての中曽根《なかそね》内閣時代の「対がん十か年総合戦略」に匹敵するような、「がん対策推進十か年計画」（案）といった国策の展開が必要と私は考えている。

本書は、長年がん治療に関わってきた医師が、妻をがんで亡くし、絶望の淵《ふち》から立ち上がり、再び何とか歩み始めるまでの記録である。

この個人的な体験が、同じような苦悩を味わっておられる三十五万人のがん死亡者のご遺族に、何らかのお役に立てれば望外の幸せである。

単行本の形で二〇〇九年十二月に初版が刊行されてから、文庫になるまでに十三刷、五万五千部ほどに達した。こんなに硬くて重い内容の本が多くの皆さんに購入していただけたのは、とりも直さず、世の中にはがんで配偶者を亡くして苦しみ続けている人がいかに多いかの証左であろう。

刊行されるや、新聞や雑誌からのインタビュー依頼が殺到した。それらが一段落すると、NHKのBSテレビでドラマ化された。「クローズアップ現代」にも出演した。

また、日本各地で「妻を看取る日」と題しての講演依頼を実に沢山いただいた。今も講演を続けている。

本書を著して、誠に私の人生は一変した。その忙しさの中で、「悲しみを抱いたまま生きていく術《すべ》」を少しずつ身につけてきた感がある。

私も在宅で死にたい、そのための訪問医療や訪問看護をしてくれるグループをあと数年のうちに固めなければならない。妻と私の分の遺品整理をしてくれる会社とも契約しなければならない。

私も葬儀はしないつもりだ。私の遺骨と妻の遺骨をまとめて散骨してもらう手配も必要だ。遺言書以外のこれらの手続きを順次進めて、自らの死に支度をしなければならない。

しかし、生きている限りは日本対がん協会の強化に努めよう。また、現職時代から願ってきた、がん検診とがん登録を国の事業にすべく、引き続き取り組みを続けたい。加えて、妻の死以降に新たに生じた課題＝在宅医療・在宅死を希望する人たちに届ける体制の整備と、愛する人を亡くして苦しむ人たちが希望されるならグリーフケアを医療の一環として届け得る体制の実現＝この二つにも積極的に取り組んでいきたい。

妻を喪《うしな》った悲しみは永遠に癒されることはないが、悲しみを抱いたまま、別な生き方ができるのでは……と、近頃、しきりに考えている。


本書の執筆にあたって、細部まで校閲いただき、貴重なアドバイスをいただいた杉村隆先生に、心から感謝申し上げます。

また、文筆の専門家として、かつ中学・高校の同窓生という友人として多くのアドバイスをいただき、本書出版のきっかけを作ってくれ、また、この文庫版に解説文を著してくれた嵐山光三郎君に感謝します。

そして、実際の発刊にあたって多大な御尽力をいただいた新潮社の石井昂さん、笠井麻衣さんにも心より御礼申し上げます。また、文庫版の出版にあたってお世話になった、草生亜紀子さんにも厚く御礼申し上げます。

参考文献

●ジョージ・M・バーネル、エイドリアン・L・バーネル著／長谷川浩、川野雅資監訳『死別の悲しみの臨床』（医学書院、一九九四）

●N・レイク、M・ダヴィットセン＝ニールセン著／平山正実、長田光展監訳『癒しとしての痛み―愛着、喪失、悲嘆の作業』（岩崎学術出版社、一九九八）

●Freud, S : Mourning and Melancholia. J. Strachey (edited and translated), The standard edition of the complete psychological works of Sigmund Freud. (Vol.14) London, Hogarth Press (Original work was published in 1917.)

●Lindemann, E : Symptomatology and Management of Acute Grief. American Journal of Psychiatry 101, 141-148, 1944

●Kübler-Ross, E : On Death and Dying, New York, Macmillan, 1969

●平山正実、斎藤友紀雄編集『現代のエスプリ №２４８ 悲しみへの援助』（至文堂、一九八八）

●斎藤友紀雄著『人生の旅立ち―悲しみを越えて』（日本基督教団出版局、一九八五）

●Sanders, CM : Grief : The Mourning After, New York, John Wiley & Sons, 1998
●Parkes, CM : "Seeking" and "finding" a lost object : Evidence from recent studies of the reaction to bereavement, Social Science & Medicine 4, 187-201, 1970
●Worden, JW : Grief Counseling and Grief Therapy : A Handbook for the Mental Health Practitioner, New York, Springer, 1982
●垣添忠生「がん経験者　特別視しない社会へ」（読売新聞、二〇〇八年一一月三〇日付朝刊）

解説

嵐山光三郎

垣添忠生君とは中学・高校の同級生だった。東京のはずれにある男子だけの私立一貫校で、生徒はみんなボンクラだった。いまは進学校となったが、そのころの生徒はバカかボンクラばかりで、隣接する音大附属高校の女子生徒を、目がくらむ思いで見ていた。女子に対する崇敬の念が異常に高く、「女子は神様で、オナラやウンコをしない」と本気で信じこんでいた。

この思い違いのため、同級生の多くは結婚後、妻君に翻弄《ほんろう》されることになるのだが、垣添君に限っては妻ひとすじのおだやかな純愛生活であった。

生徒はボンクラでも教師はココロザシが高く、「しっかり勉強して、大学へ入り、社会の役に立つ男子となれば、女神のような妻と会えるぞ」と叱咤《しった》激励され、ボンクラ生徒たちは、はいわかりました、とうなずいた。

男ばかりの無骨な学生のなかにあって、垣添君はひょろりと背が高く、いつも遠くの空を見ている心やさしき青年であった。色黒で、森鷗外のようないかつい顔をしていた。諸国放浪の剣術遣いといった気魄《きはく》があり、孤高の剣豪の風格があった。垣添君が校庭を歩くとグラウンドに一陣の風が吹き、砂塵《さじん》が舞ったが、なに、あれは春一番のなせる術であった。あんまりほめすぎるのもよくない。

木造校舎の渡り廊下の壁に、期末試験成績上位五十人の名が貼《は》り出され、垣添君は中・高を通じていつも一番だった。貼り出されるたびに、二位は大村君か、三位は嵐山か(うそですよ)と騒いだものだが、垣添君の一位は不動だった。

垣添君、大村君、その他何人かは東大医学部に合格し、みんなバカと思っていたのは私だけだと気がついたが、あとのまつりだった。

高校時代の仲間は、大学へ進学すると、それぞれの道を進み、年に二、三回しか会わなくなった。

それでも大村君の結婚式の司会は私がつとめた。大村君もかなりの腕白者で、垣添君と同じく空手部にいた。結婚式はつつがなく進行し、やがて友人挨拶《あいさつ》となった。すると空手着をつけた垣添君が登場し、一礼ののちオリャーッと大声をあげて、三人の弟子に持たせた五分板五枚を、突き、蹴《け》り、肘《ひじ》打ちでパンパンパパーンと割って見せたので、こんな狼藉者《ろうぜきもの》と結婚する女性はあらわれないだろうと同情した。

ところが、いたのである。それがこの本に登場する昭子《あきこ》さんである。傘一本を持って昭子さんと駆け落ちした事情は、この本で知った。

それから幾歳月がたち、垣添君は国立がんセンター病院長となり、天皇陛下の前立《ぜんりつ》腺《せん》がん手術の担当医という大役をこなした。

そのころ垣添君から、国立がんセンターの医師や職員を対象にした講演を依頼された。で、院長室へ行くと、同級生の写真家大高君が撮影したロッキー山脈の写真パネルが貼ってあった。いや、別の山かも知れないが、垣添君は山好きで、絵が上手だったことを思い出した。壁には「患者の身になって医療をしよう」だの「誠心誠意で患者に接しよう」というようなスローガンが貼られていた。あいかわらず目は鋭いが、慈愛あふれる垣添君がいた。

私は『新潮新書』創刊四号に書いた『死ぬための教養』を持って出かけていった。国立がんセンターの優秀な医師や職員に、『死ぬための教養』を講釈するのは、いまから思えばいい度胸だったが、講演の謝礼として垣添君が行きつけの天ぷら屋で御馳《ごち》走《そう》になった。ジンジンと酒が胃にしみた。

その数年後に、横浜で「世界がんシンポジウム」というような催しが開かれ、世界各国のがん権威者が集まり、そこでも「講演しろ」と依頼された。「無料で講演を頼めるのは、おまえぐらいしかいない」といわれるとすぐ納得し、引き受けた。なにしろ垣添君は高校時代の総長で、そのときは国立がんセンター総長になっていた。

垣添君はきわめつきの愛妻家で、昭子夫人と一緒に奥日光の中禅寺湖に出かけた記録の本を出版していた。病弱な昭子さんとスケッチ旅行をして、中禅寺湖でカヌーに乗り、一日が終ると小さな表彰状を書き、「よく頑張りました」といって渡していた。昭子さんとカヌーに乗っている写真がその本の最初に出てくる。なんて夫婦仲がいいんだろうとうらやましかった。

垣添君の愛妻本を肴《さかな》にして、級友数人で会合をした。還暦を過ぎると、元気だった級友の何人かががんで没し、「つぎは自分の番だ」と思うようになる。酒を飲むだけの会だが、「がん相談会」のようになり、話はがんのことばかりになる。同級生に垣添忠生というがんの権威がいることは誇りでもあり、安心につながった。

そのころ昭子夫人にはがんの徴候があったはずだが、そのことは話さなかった。垣添君はそういう性格だ。「妻のがん」という過酷な現実にたちむかって必死の治療を施し、自らの死を予知した昭子夫人は「年末は自宅で過ごしたい」と頼んだ。病院の看護士から、点滴する薬剤の混注や自動注入ポンプ扱いの猛特訓を受け、山のような医薬品や酸素ボンベ、在宅用の医療器具をトランクに積んで、昭子さんを自宅へ運んだ。点滴から投薬・排泄《はいせつ》にいたるまで自分でやった。

坂道をころがるように容体が悪化し、昭子さんは大晦日《おおみそか》の夜に息をひきとった。全身の力をふりしぼって垣添君の手を強く握ったまま帰らぬ人となった。がんを専門とする医師の目の前で、がんが妻の命を奪っていく。そのつらさはいかばかりだったろうか。

知人の医師を呼んで死亡診断書を書いて貰《もら》ううち、二時間で死後硬直がはじまった。正月の三ヶ日は、ひたすら棺《ひつぎ》のなかの昭子さんを眺めて過ごした。一月四日、遺体を火葬場へ運び、遺骨を拾ったが、昭子夫人の遺言により、葬儀をしなかった。

しばらくたって垣添君に会うと、顔がやつれて別人のようになっていた。「ひとりで山へ登って死にたい」と思いつめた声でいった。「自死できないから生きている」ともいった。

そのおちこみようは尋常ではなく、慰めようもなくヨレヨレであった。こんな垣添君の姿ははじめて見た。生涯をかけてがんの診療と研究に携ってきた医師が、妻のがんを治療しえなかった悔恨から「自死したい」とまで思いつめていた。垣添君ならやりかねない。

垣添君は酒が強い。家においてあるウィスキー、焼酎《しょうちゅう》、日本酒、ワインをあびるように飲み、酒浸りの日々をおくった。肴はモヤシのバター炒《いた》めを自分で作った。妻の靴を見ては泣き、睡眠薬を常用し、朝は遺影に挨拶してから出勤したという。睡眠薬は私はここ十年間、毎晩飲んでいて、息子からは「頭がぼけるからやめろ」と忠告されていたが「垣添君も飲んでいる」ときいて安心した。

垣添君はダンディで、コートが似合う。コートの襟をたてて帰宅すると、明かりひとつない家が待っていた。部屋は冷えきり、祭壇の写真の前に座り、その日のできごとを報告して、ひたすら強い酒を飲んだ。自死する一ミリ手前でふみとどまり、昭子さんを供養《くよう》し、自分も再生しようとした。

二〇〇九年一月に昭子さんの絵の遺作展が銀座の井上画廊でひらかれた。オープニングの朝に一番で行くと、垣添君と昭子さんが奥日光で並んで描いたミズナラの油彩が出展されていた。思っていたよりずっと大きい油彩だった。ミズナラの巨木を競作するように描き、深秘の命へたちむかっていく二人の姿があった。

垣添君の憔悴《しょうすい》度は、少しずつ回復しているかに見えた。以前ほどの元気はないものの、グリーフケアの本を読み、回復と再生に向かうのは、さすが歴戦の医師だ。昭子さんの遺作展をしてからの垣添君はどん底を脱していった。

垣添君が「こんなものを書いた」といって、ワープロで打った原稿を送ってきた。自死したいと絶望したときから、いかにして這《は》いあがってきたかを書いた渾身《こんしん》の記録であった。ワープロ原稿に添えられた手紙には、

①この手記が刊行される可能性はあるか。

②こんなものは出版される価値がないか。

のどちらかにマルをつけて返信しろ、といかにも垣添君らしい文面が、とびはねる文字でつづられていた。「ダメならダメでいい」と殴り書きしてあり、まだ精神不安定であるなと直観した。

原稿を読みはじめると、全身が硬直した。昭子さんの遺影と対話するシーンで私は泣いた。声をあげて泣いた。これほどまで絶望のふちにいたとは知らなかった。垣添君へ、この手記を刊行することで、同じ境遇にある人の看護学として役に立つ、と返事の手紙を書いた。

その足で新潮社の石井昂氏に会い、ワープロ原稿を渡した。石井氏もがんの手術をしており、国立がんセンターに通院していた。石井氏は応諾してくれたが、単行本化されるのには、それから一年間かかった。昭子さんとの結婚にいたる細部が書きこまれ、仕あがった本には、それまで知らなかった事情が記されていた。

かくして『妻を看取る日』と題された本は、地獄めぐりをした医師の、いつわらざる再生の記録となり、垣添昭子という画家の名も後世に残ることとなった。
その後の垣添君は、足首に鉄の輪をはめて足腰をきたえ、北アルプスの立山や北海道のトムラウシ山に登頂した。昔の垣添君の覇気がよみがえり、日々昭子さんの供養をしている。このところ居合道に励み、深夜の井の頭公園で稽古《けいこ》しているとき、見廻りの警察官に、「なにをしているのか」と誰何《すいか》されたという。であるから、月夜の晩に、巡回中の警察官諸君は、色黒で目の鋭い高齢者が、無念無想で居合道の稽古をしているのを見たら、それは垣添君であるから、くれぐれも用心深く対応してくれたまえ。

（二〇一二年三月、作家）

この作品は二〇〇九年十二月新潮社より刊行された。

嵐山光三郎著
悪党芭蕉
侘び寂びのカリスマは、相当のワルだった！犯罪すれすれのところに成立した「俳聖」の真の凄味に迫る、大絶賛の画期的芭蕉論。

徳永　進著
野の花ホスピスだより
鳥取市にある小さなホスピスで、「尊厳ある看取り」を実践してきた医師が、日々の診療風景から紡ぎ出す人生最終章のドラマの数々。

城山三郎著
そうか、もう君はいないのか
作家が最後に書き遺していたもの――それは、亡き妻との夫婦の絆の物語だった。若き日の出会いからその別れまで、感涙の回想手記。

梨木香歩著
西の魔女が死んだ
学校に足が向かなくなった少女が、大好きな祖母から受けた魔女の手ほどき。何事も自分で決めるのが、魔女修行の肝心かなめで……。

星野道夫著
イニュニック〔生命〕
―アラスカの原野を旅する―
壮大な自然と野生動物の姿、そこに暮らす人人との心の交流を、美しい文章と写真で綴る。アラスカのすべてを愛した著者の生命の記録。

柳田邦男著
生きなおす力
人はいかにして苛烈な経験から人生を立て直すのか。自身の喪失体験を交えつつ、哀しみや挫折を乗り越える道筋を示す評論集。

妻《つま》を看《み》取《と》る日《ひ》

国立がんセンター名誉総長の喪失と再生の記録

新潮文庫　か - 63 - 1

平成二十四年五月一日発行

著者　垣《かき》添《ぞえ》忠《ただ》生《お》

発行者　佐藤隆信

発行所　株式会社 新潮社

郵便番号 一六二―八七一一
東京都新宿区矢来町七一
電話 編集部(〇三)三二六六―五四四〇
　　 読者係(〇三)三二六六―五一一一
http://www.shinchosha.co.jp

価格はカバーに表示してあります。

乱丁・落丁本は、ご面倒ですが小社読者係宛ご送付ください。送料小社負担にてお取替えいたします。

印刷・株式会社光邦　製本・株式会社植木製本所

ISBN978-4-10-136241-0 C0195